シリーズ
日本語の醍醐味④

ペガサスの挽歌

皆川博子

烏有書林

目次

ペガサスの挽歌

初期児童文学作品

花のないお墓

重くねばる、みどりの海を、一直線に切り裂いて、銀の魚雷は突き進む。

時速五〇ノット。目標まで、あと九〇〇〇メートル。

魚雷の中の若い兵士は、計器の針に、目をすえる。

目標まで、あと八〇〇〇メートル。激突するまで、あと五分。それだけが、兵士に残された、生きる時間。近づく死を忘れるために、ほかのことを考えよう。

目標まで、あと、六五〇〇メートル。

残された時間は、あと、四分。

何を考えたらいいんだろう。死ぬことだけは、考えまい。

ボクノナマエハ　ヤマナカ　タケシ。

カアサンハ　イッタ。オクニノ　タメニ　リッパニ　タタカッテ……

ああ、死ぬことだけは、考えまい。

あと、五〇〇〇メートル。
あと、三分。
タイチョウハ　イッタ。テキノ　クウボニ　タイアタリ　セヨ。
ああ、死ぬことだけは、考えまい。
ボクノナマエハ　ヤマナカ　タケシ。

魚雷が、ふいに、沈み始める。目標まで、あと……
計器の針が動かない。
推進機関が、故障したのだ。
魚雷は、海のおもちゃになった。
魚雷は、深く沈んでゆく。もう、目標には届かない。死の瞬間は、遠のいた。
だが、それは、ゆっくりと、確実に、やってくる。

朝の光に、海のおもては、あかがね色のうろこのように、きらめく。魚雷の眠る海の底は、どんより暗いみどり色。大きな貝が、あくびする。

陽が高くのぼると、海は、大きなあじさいの花束。魚雷の眠る海の底は、どんより暗いみどり色。眼のない魚が、通りすぎる。

激しい嵐に、波は泡だち、牙をむく。魚雷の眠る海の底は、どんより暗いみどり色。海藻の林が、わずかにゆらぐ。

役に立たなかった魚雷は、横たわりつづける。魚雷の中の、若い兵士も。

兵士は、時おり、かすかにつぶやく。

ボクノ……ナマエハ……ヤマナカ……タケシ……

テキノ……クウボニ……ワスレテシマッタ……

海のおもては、いくたびか色を変え、季節が、海の上を流れる。

北から南へ、南から北へ、渡り鳥が影を落とす。

かすかな声が、時たま、つぶやく。

ボクノ……ナマ…エ………ワスレテ……シマッ……タ……

眼のないさかなが、ふと、ひれをとめた。
大きな貝が、はたりと、ふたを閉じた。
暗いみどりの海の底に、何の音だろう、伝わってくる。
歌う声だ。おおぜいの人間の。

　死んだ　兵士よ
　起ち上がれ
　輝くいさおを
　ものがたれ

重い水の中に、歌声はひろがる。魚雷の中の若い兵士も、その歌声を、耳にした。

　死んだ兵士よ
　起ち上がれ

ああ、ぼくを呼んでいる。若い兵士は、さびついた魚雷の上ぶたをあけ、長い眠りの床を出た。
歌声は、ますます大きくなった。

　死んだ兵士よ

起ち上がれ
輝くいさおを
ものがたれ

町の公会堂の入口に、大きな看板が立てられた。

ゆうかんな兵士を迎える会

市長は、大喜びで、兵士に手をさし出した。

どうぞ、勇ましい、われらの勇士。みんなに教えてやってください。あなたがたが、どんなふうに戦ったか。どうやって、国をまもったか。この頃の若い者は、だらしがなくて困ります。根性というものが、ないんです。

太った代議士が、市長に耳うちした。

もし、演説が上手なら、この男、わしの選挙の、応援弁士にやといたい。

若い兵士は、演壇に立った。

おおぜいの人々が、兵士が口を開くのを待っていた。

兵士は眼をあげ、会場を見渡した。椅子を埋めているのは、人間ではない。旗たちだった。

兵士の眼には、そう見えた。小さい白い旗の波が、右に左に揺れているようにみえた。

死んだ兵士は、眼を閉じた。(もっとも、彼には、まぶたがなかった。)

ボク……兵士はつぶやいた。小さい声で……ワスレテ……シマッタ……

司会者が、助け船を出しに、近づいた。

魚雷の中に乗りこんで、敵航空母艦に体当たり。おお、何といさましい事でしょう。


死んだ兵士は、思い出した。

魚雷の、せまい操縦室に入り、上ぶたが、ギリリ、と、閉められた音を。

死んだ兵士は、思い出した。

魚雷が、ふいに、沈み出し、ガリリ、と、海底の岩にぶつかった音を。

月の光に、真珠色に輝く海を。


だまっている兵士のかわりに、司会者はつづけた。

人間魚雷は、敵艦めがけ、進んでゆきます。

死んだ兵士は、つぶやいた。
ボクノ　ナマエハ　ヤマナカ……タケシ
それから、はっきりした声で、
テキノ　クウボニ　タイアタリ　セヨ
司会者は、にっこり笑い、みんなに拍手をうながした。

死んだ兵士は、思い出した。そして、叫んだ。

ぼくは、空気がほしかった！　新鮮な、空気！

司会者は、あわてて、とんで来た。

この講演は、全国に、テレビ中継されています。勝手なことは、しゃべらんでください。胸のわくわくするような、てがら話をしてください。


きき手のひとりが、鼻をひくひく動かした。

何だか、くさい。工場のメタンガスのにおいかな。

海のにおいだ。ひとりが言った。

くさった、さかなのにおいだ、と、もうひとり。

そうだ、くさった、さかなのにおいだ！

においは、しだいに濃くなって、会場いっぱいに、たちこめだした。きき手が、ひとり逃げだした。つづいて、ひとり、また、ひとり。太った代議士も逃げだした。

講演は、まだ、終わっていません！と、司会者がどなった。その司会者も、鼻を押さえて、逃げだした。テレビのカメラマンも逃げだした。会場はからになり、兵士ひとりが残された。


きき手がいなくなったので、兵士は用がなくなった。会場を出て、歩きだした。

どこへ行こう。汐のにおいは、もう、たくさんだ。海の底へは、帰りたくない。

兵士は歩いた。歩きつづけた。できるだけ海から遠いところへ。


やがて、ひろびろとした野原にでた。

立ち枯れた雑草が、そこここに茂みをつくり、あとは、むきだしの赤土で、小鳥の影も見えなかった。

兵士は、大地に、あおむけに寝た。大地はしっかり彼をささえ、地の果てから果てへ、空が、丸くひろがっていた。

土のぬくもりが、こころよかった。

兵士は、空のむこうまでつきぬけるようなりんとした声で、叫んだ。

「ぼくの名前は、山中武史。ああ、おかあさん、空は青い！」

突然、大地が、はじけかえった。

二十サンチ野戦重砲の砲弾が、土をえぐって、炸烈したのだ。

ふいに掘られた深い穴に、兵士の体は、転がりこんだ。固い大きな土くれが、あられのようにそそぎかかり、死んだ兵士は、地にうずもれた。

夕方、野戦演習は終わった。つとめをおえた戦車隊が、兵士の上を通り過ぎて行った。

コンクリ虫

鉄筋コンクリートのビルの壁の中に、一ぴきのコンクリ虫が住んでいた。
コンクリ虫のメニュー
　朝食………コンクリート・スープ
　昼食………コンクリート・フライ
　夕食………ロースト・コンクリート
こう、三度三度コンクリートでは——コンクリ虫は、不平をいった。
いくらぼくでも、あきあきしてしまう。なにか、ほかのたべものを探そう。
コンクリ虫は、とがったしっぽの先をスクリューのように廻して、壁に穴をあけ、外をのぞいた。
青白い蛍光灯がひとつ、ぽつんとともった、殺風景な部屋が眼に入った。
小さな部屋だった。

古ぼけた事務机。机の上には、二、三さつの本と、青いインクが半分ほど入ったインクびん、ひらいたままのノート、めざまし時計。

部屋のすみに、すり切れた布張りの長椅子がひとつ。長椅子のひじかけに、はだしの脚が二本。脚は、ジーパンをはいていて、ジーパンは、よごれたアンダーシャツのおなかにつながっていて、おなかは大きくひろげた新聞紙につながっている。新聞紙は、きそく正しく上下に動いていた。

「……ってことは、つまり、あれは男の人で、新聞読みながら、うたたねしちゃった、ってことだ。」

コンクリ虫は、推理した。

「ぼく、頭がいいから、そのくらい、すぐわかっちゃう。」

めざまし時計がジリジリ鳴りひびいた。

新聞紙が床に落ちて、くしゃくしゃ頭の若い男の顔があらわれた。

「ほらね。」

コンクリ虫は、自分の推理が正しかったのに満足して、大きくうなずいた。

若い男は、むっつり不きげんな顔で立ち上がった。そのはずみに、かじりかけのあんパンが、長椅子から床に転がりおちた。

「……ってことは、つまり、あの人、新聞読みながら、あのパンを食べていたってことなんだ。」

ぼくって、頭がいいね。コンクリ虫は、嬉しくなって、くすくす笑った。

ゴムぞうりをつっかけ、ドアの横にかかっているかい中電灯をとって、若い男は、ぶらぶら部屋を出ていった。

めざまし時計は、まだ鳴っている。

コンクリ虫は、ぴょんと床にとび下りた。

長椅子のあしもとに転がっているあんパンを、ちょっとなめて、フン、とけいべつした顔になり、それから机によじのぼった。

ノートのはしを少しかじって、また、フン、という顔をした。

こいつを、ちょっと試してみよう。コンクリ虫は、しっぽの先をインクびんのふたに巻きつけ、ぐるぐるひねった。

青いインクをひと口すすった。コンクリ虫は、うっとりして、しっぽの先をぴりぴりふるわせた。

すっぱくて、しぶくて、こいつはいいや。

うるさく鳴りひびいているめざまし時計をしっぽの先でちょいととめ、満腹したコンクリ虫は、部屋の中を探険してみることにした。床も壁も天井も、おなじみのコンクリート。めぼしいものはろくにない。壁に黒い学生服がひとつかかっている。

「……ってことは、ここは学校……かな？」

コンクリ虫の推理は、すこしあやしくなった。

ペタペタという足音が近づいてきて、ドアが開いた。ゴムぞうりばきの男が帰ってきたのだ。

コンクリ虫は、あわてて、コンクリートの中にもぐろうと、すごい勢いでしっぽの先をぐるぐる廻し、床に穴をあけだした。

若い男のゆびが、コンクリ虫をつまみあげる方が早かった。

「やあ、なんだ、このちっぽけなもの！」

男はさけんだ。

「ぼく、コンクリ虫。」

コンクリ虫は、あきらめて、礼儀正しくあいさつした。

「コンクリ虫？　きいたことないな、そんな名前。待てよ、こいつ、どこかで見たことがあるぞ。先のとがったしっぽ、まっ黒で、つやつやしたからだ。なんだ、そうか、おまえ悪魔じゃないか。」

「悪魔？　ちがう。ぼく、コンクリ虫。コ、ン、ク、リ、虫ッ。」

「悪魔だよッ。へえ、こいつはすごいや。悪魔を一ぴきつかまえたぞ。」

「ちがうってば。学がないなあ。コンクリ虫を知らないの？」

「失敬なことを言うな。待ってろ。いま、おまえが悪魔だっていう証拠をみせてやるから。」

若い男は、コンクリ虫が逃げないように、しっぽの先をめざまし時計でおさえつけ、部屋を出ていった。コンクリ虫は、めざまし時計を持ち上げてしっぽを抜き取ろうとしたがとても重くて手に負えなかった。

男は、じきにもどって来た。大きな厚い本と、小型の本を腕にかかえていた。

まず、小型の本を机の上にひろげてみせて、

「これは、昆虫図鑑。見ろよ。どこにもコンクリ虫なんてのってないぜ。」

「そんなはずはない。」

コンクリ虫は、一ページ一ページ、ていねいにめくってみた。

「よごすなよ。会社の図書室から無断で持ってきたんだから。」

男は注意した。

チョウ、セミ、トンボ……

どのページにも、コンクリ虫という項目はなかった。

「なにかの幼虫かもしれないよ、ひょっとしたら。」コンクリ虫は、希望を捨てないで言った。

「トンボの幼虫は、ヤゴだろ、カの幼虫は、ボウフラだろ。コンクリ虫は、カミキリ虫か、カナ

ブンブンの幼虫かもしれないぜ。」

「おあいにくさま。」

若い男は、いじ悪く笑った。

「この図鑑には、幼虫だって、さなぎだって、何だってのってるんだ。ところが、コンクリ虫なんてのは、ないんだなあ。」

コンクリ虫は、もう一度、目がとび出るほど熱心に、ずらりと並んだ昆虫の絵を、ひとつひとつ研究した。最後まで見終わって、はじめからもう一度。

「あきらめなよ。何度見たって、同じことだ。」

ほとんど泣き出しそうなコンクリ虫を見て、若い男は、少しきのどくになった。

「これ書いた人、まちがってるんだ。」コンクリ虫はがんばった。「コンクリ虫を知らないなんて、もぐりだ。」

「もぐりとは、なんだ。」

ちょっとやさしい顔になった男が、たちまち、こわい声でどなった。

「えらい学者が書いたんだぞ。昆虫にかけては、日本一、いや、世界一の人なんだぞ。」

男は、昆虫図鑑を閉じ、わきへどけると、こんどは、大きな厚い本をひろげた。

「こっちは何の本？」

「これは、世界大百科事典。世界じゅうのあらゆるものごとが、みんなのっている。」

「コンクリ虫も？」

コンクリ虫は、はかない希望を抱いてたずねた。世界じゅうの、あらゆるものごとがのっている本にも、コンクリ虫の名前がないなんてことになったら、絶望じゃないか。

「コンクリ虫は、のってないよ。」

男の答は、コンクリ虫の最後の望みを、あっさり打ちくだいた。

「そんなにしょげるなよ。」

「ぼく、自殺したくなった。」

「オーバーだな、これを見てごらん。この絵。」

コンクリ虫は、おずおずと、男が指さすページの絵をのぞいてみた。

まっ黒なつやつやしたからだ、ぴんとはねあがった、長いとがったしっぽ。

「なんだ、うそつき。コンクリ虫、のってるじゃないか！」

コンクリ虫は、喜んでとびあがった。しっぽの先を男につかまれていたので、つけねがきゅっと痛かった。頭の両側につき出た三角形の耳さえのぞけば、それは、まさに、コンクリ虫の姿であった。

「ところが、これは、悪魔の絵なんだぜ。」

男は、にやにや嬉しそうに笑った。

「ア、ク、マ。ほら、そう書いてあるだろ。」

「やっぱり、これ、違うよ。ぼく、こんないやらしい顔してないもの。」

「悪魔じゃいやだっていうんなら、あと、おまえに似ているものっていったら、ゴキブリぐらいしかないぜ。」

「ゴキブリは、ゴミ食べるんだ。コンクリートは食べない。それに、こんなりっぱなしっぽ持ってない。ぼくは、だんぜん、頭のいいコンクリ虫だ。」

「へえ、おまえ、頭いいの？」

「そうさ。きみが、ガジパン食べながら、新聞読んでうたたねしちゃったなんてこと、見ないでも、ちゃんと推理しちゃったんだから。」

男は、長椅子の脚もとに落ちている、新聞とあんパンの食べかけに目をやった。

「そんなこと、どんなまぬけにだって、ひと目でわから。」

コンクリ虫は、しょげた。

「それに、おまえ、舌もまわらないんだな。ガジパンだって。あれは、あんパン。」

「ガジガジにひっからびてるから、ガジパンですよ、だ。」

「こいつ！」

若い男は、コンクリ虫のしっぽをつまみあげて、さかさにぶらさげた。コンクリ虫は、ばたばたあばれて、とうとう指の間から、ぬけだした。そのまま逃げていってしまうかと思ったら、男の手のとどかない所で、くるっとふりむいて、

「ぼくのことばっかり悪口いってさ、きみはいったい、誰なのさ。」

「なまいきなやつ！」

男は、下くちびるをつきだした。

「ぼくの名前は、吉田……いや、ぼくは、ぼくはこのビルで一番えらい人間だ。」

そう言って、彼は、『夜の間だけね』と、口の中でつけたした。夜の間、ビルの中には、人間といえば、彼ひとりしかいないのだから、一番えらい人間といっても、うそにはならない。彼は、ビルの夜警のアルバイトにやとわれている学生だった。

しかし、コンクリ虫は、すっかり感心してしまった。

「へえ、一番えらい人！　……ってことは、つまり、王さまとか、大統領みたいなものだな。キング・ビルだね。」

「そうだ。」

ビルの王さまは、そっくり返ってみせた。

「だから、ビルに住むおまえは、ぼくの家来なんだぞ。何でも命令をきかなくちゃいけない。」

「ぼくが、きみの命令をきくの?」

「そうさ。」

「いやなこった。」

コンクリ虫は、すばやく、さっきはい出してきた壁の穴にとびこんだ。そこから、ひょいと顔を出して、

「ぼく、命令なんかされませんよ、だ。」

穴は、たちまち、たいらに埋まってしまった。


朝、八時に守衛が出勤してくると、アルバイト学生吉田くんは、交替して下宿に帰る。午前中は夜の睡眠不足をとり戻すために昼寝して、午後は学校にでかける。そうして、夕方、またビルにでかけていく。それが吉田くんの日課だった。

「また、今夜も、あいつ出てくるかな。」

せまい宿直室で、長椅子にひっくり返りながら、吉田くんはつぶやいた。巡回を始める時刻にめざまし時計のベルをしかけ、とろとろいねむりを始めた時、ちょんちょんと、額をとがったものでつつかれ、吉田くんは、重いまぶたを開けた。

椅子のひじかけに腰をおろしたコンクリ虫が、長いしっぽの先で、吉田くんをつついていた。

「うるさいなあ。眠いんだから、そっとしといてくれよ。」

「ねえ、ねえ、ものごとは、はっきりさせよう。」

コンクリ虫は、なまいきな口調で言った。

「ぼくのこと、コンクリ虫って認める？　認めない？」

寝入りばなを起こされた吉田くんは、いらいらしてどなった。

「しつっこいやつ！　まだねばってるのか。」

「コンクリ虫なんて、世の中にいないんだ。いないものを認めるわけにはいかないよッ。おまえは、ゴキブリだ。ゴキブリがいやなら、アクマ。そのどっちかだ。」

「よォし。きみは、コンクリ虫をぶじょくしたんだ。そんなに言うなら、ぼく、ゴキブリはいやだから、アクマの方になる。アクマってのの、あれから、百科事典でよく調べといたんだ。ぼくは悪魔として、徹底的に悪いことしちゃうぞ。これ、宣戦布告。覚悟しといてね。」

「いいよ、いいよ、わかったよ。何でも、やりたいようにやってくれ。」

半分は口のなかで、ねごとまじりに、吉田くんは返事した。

うかつな返事するんじゃなかった、と後悔したのは、最初の巡回を終えて部屋に帰ってきて、机の上に、たっぷりインクがこぼれているのを発見した時である。はじめは、インクなんか使わなかったのに、どうして?と、ふしぎに思ったのだが、すぐ、あいつのしわざだ、と気がついた。

「おい、ゴキブリ、悪魔、チビ、出てこい！」

吉田くんは、壁をげんこつでどんどん叩いて、どなった。

床に、キリキリキリッと穴があいて、コンクリ虫の黒い小さな顔が、ひょっこりのぞいた。

「ひきょうだぞ、おまえ。ぼくのいない間にこんなことをするなんて。」

「だって、ぼく、アクマだもん。悪いこと、なんだってやっちゃう。宣戦布告しただろ。それとも、ぼくの悪口言ったの、あやまる？」

そう言われても、吉田くんだって意地があるから、簡単にはあやまれない。

「戦争なら、正々堂々と正面から来い。留守の間にこそこそやるなんて、きたないぞ。ゲリラじゃないか。」

「ゲリラだって、いいですよ、だ。」

しゃべりながら、吉田くんは、少しずつにじり寄って、とくいそうに床から顔をつき出しているコンクリ虫を、きゅっと二本の指ではさみ、穴からひきずり出した。

「さあ、捕虜にした。このインク、おまえのしわざだろ。おまえが全部しまつするんだぞ。」

ばたばたもがいているコンクリ虫を見て、ふきだしたくなるのをこらえながら、吉田くんは、いっしょうけんめい、こわい顔をして命令した。

「あ、そんなの、わけないさ。だけど、つかまえられてちゃできないよ。手を離してよ。」

「離したら、逃げるだろ。」

「逃げるか逃げないか、ためしてみたら？」

吉田くんは、苦笑して手を離した。どうせ、逃げても、またちょっかいだしに出てくるにきまってる、と思ったからだ。こいつも壁の中で、ひとりっきりで退屈なんだな。

コンクリ虫は、逃げ出さなかった。机の上にこぼれているインクを、チュッチュッチュッと吸いとって、「ああ、おいしかった、ごちそうさま」と、しっぽの先をふるわせた。

おかしなものが好きなんだな、と、吉田くんはあきれた。

「机の上にしみが残っちゃったじゃないか。ぼくが守衛さんにおこられるんだぞ。」

コンクリ虫は、ちょっと、申しわけなさそうにもじもじしたが、「だって、ぼく、アクマですからねッ」と捨てぜりふを残して、キリキリキリリッと壁に穴をあけ、さっととびこんでしまった。穴は、すぐ、たいらにふさがった。


こんどは、どうやって、ビルの王さまを困らせてやろうかな、と考えるのが、コンクリ虫の大きな楽しみになった。たいしたことはできなかった。コンクリ虫の武器といったらコンクリートのような固いものにでも穴をあけることのできるしっぽだけで、腕力はないし、自分では頭がいいつもりでも、実は、ちえもあんまりなかったから。

吉田くんがいつも横になって足をのせる、長椅子のひじかけをこわしてやろうと思った。ひじかけに一列に並べて穴をあけておけば、王さまが足をのせたとたんに、ひじかけは折れてしまうだろう。ところが、あまりはりきってせっせと働いたので、半分もやらないうちに、しっぽの先がはれあがり、べそをかきながら、吉田くんに冷やしてもらうことになった。

夜食にしようと、吉田くんが買ってきたインスタント・ラーメンを、こっそり失敬した時は、たべなれないものを無理にたべたおかげで、すっかり気分が悪くなり、この時も、吉田くんの介抱をうけなくてはならなかった。

大成功したのは、机の上にあった大学ノートを穴だらけにしてやったことだ。この時ばかりは、吉田くんは、ふんぜんとして、バッカヤロー!とどなった。

しめた! やったぜ!

その翌晩、吉田くんは、げんなりした顔で、時間ぎりぎりにやってきた。ドアを開けたとたんに、コンクリートの粉のめつぶしが降りかかるようにした細工に、うまくひっかかったが、粉だらけの頭をちょっと振っただけで、すぐ、長椅子に寝ころんでしまった。コンクリ虫は、がっかりした。これだけの粉を作るのには、一日がかりだったんだ。コンチクショーとか、バカヤローとか、なにか、ひとことぐらいあいさつしたって、いいじゃないか。だまって無視するなんて、失礼だよ。ルール違反だ。

吉田くんは、あおむけに寝ころがったまま、しばらく天井をぼんやり眺めていたが、やがて、床に置いた布のバッグから、薄い大きな本をとりだした。

壁の穴からようすを見ていたコンクリ虫はがまんできなくなって、のこのこはいだした。

「ねえ、ねえ、それ、何の本？　新しい昆虫図鑑？　新しい世界大百科事典？」

コンクリ虫のってる？ときききたいのを、ぐっとこらえて、コンクリ虫はたずねた。

「船の本。」

吉田くんは、ぶっきらぼうに答えた。

「きのうときょうと、二度、きみの負けだね。」

コンクリ虫が言うと、

「ああ、やられたよ。完敗だ。」

吉田くんの声は、元気がなかった。

「あの……ご病気ですか？」

吉田くんのようすが、いつもと違うので、コンクリ虫は、少しかたくなってきいた。

「病気じゃないよ。うるさいな。ひっこんでろよ。」

「負けたからって怒るの、男らしくないな。」

吉田くんは、もうコンクリ虫を相手にしないで、薄い大きな本をひろげた。

「うわァ！　へえ！」

ページがめくられるたびに、コンクリ虫は、いっしょうけんめい、感嘆の声をあげた。どのページも、帆に風をはらんで、青い海を走る、帆船の絵でうめられていた。

「すばらしいだろ。」

吉田くんが、やっと話しかけてきたので、コンクリ虫は、たてつづけにこっくりした。実は、帆船なんて、ちっとも魅力を感じなかったのだけれど。

「おい、この本に穴あけたりしたら、おまえのこと、しめ殺しちゃうぞ。」

吉田くんは、本の方を見たままで言った。

「じゃ、この本は、タンマってこと？」

「え？　ああ、そういう手があったな。タンマか。あのノートも、タンマってことにしておけばよかったな。」

「あれ、だいじだったの？」

「まあね。」

もう、いいよ、と、吉田くんは笑顔になった。

「戦争中だってのに、敵の目の前に置きっ放しにしたこっちも、うかつだったんだ。」

「戦争、もう、やめる?」

「いや、やめないさ。ぼくは、だんじて、コンクリ虫なんて変てこなもの認めない。でも、きょうだけは休戦だ。さあ、巡回の時間だ。」

「ぼくも、いっしょに行くよ。」

よいしょ、と立ち上がった吉田くんの肩にコンクリ虫は、はいのぼった。くすぐったいのか、虫にたかられてきもち悪かったのか、吉田くんは、ちょっと首をすくめた。

暗いガランとしたビルの廊下を、吉田くんは、懐中電灯で照らしながら、点検してまわる。

一階、二階、三階……

「ねえ、ねえ。」

コンクリ虫は、話しかける。

「王さまは、海が好きなの?」

「王さま? ああ、ぼくのことか。」

ビルの王だといばったことを、吉田くんは忘れていた。

「海も好きだけれど、中世の帆船が好きなんだ。あの頃の海は、未知の魅力があっただろう。三本マストのガリオン船で、誰も知らない海を、誰も行ったことのない島めざして進むんだ。いまでは、世界は、みんな、地図にのっている。海にはみんな名前がついてるし、島は、みんんな、どこかの国の領土だ。」

自分の好きな船の話になったので、吉田くんは、しゃべるのに夢中になり、廊下を見廻るのを忘れて、三階、四階、と、階段をのぼりつづけた。

「くさくさした時は、いつも、あの船の絵をみるんだ。ページをめくっているうちに、いつのまにか、不ゆかいなことは、みんな忘れてしまう。海賊船の船長になったような気分になっちゃってさ。アイ　アイ　サア。」

「あのノートに穴あけたんで、くさくさしてたの？」

コンクリ虫は、まだ気にしてたずねた。

ふたりは、いつのまにか、屋上にまでのぼってきていた。

スモッグにおおわれた空は、晴れた夜だというのに、カシオペアがかろうじてWの形をみせているぐらいで、あとは、光の強い一等星が、まばらに散らばっているだけだった。

「あのおかげで、たいへんなことになっちゃったんだぞ。」

吉田くんのこわい声に、コンクリ虫は、ちぢみあがった。吉田くんは、すぐ笑いだした。

「うそだよ。」

「なあんだ、おどかさないでよ。それじゃ、どうして、さっきは、あんなに、むずかしい顔してたの？」

「それは、時には、いろいろおもしろくないことが重なってさ、きみの相手ばかりしていられなくなることもあるさ。」

ビルの持主が、専門のガードマンをやとうことにしたので、アルバイトをくびになる話なんか、コンクリ虫にぐちってみてもはじまらないと思って、吉田くんは、話題を変えた。

「きみに一度きこうと思ってたんだけど。」

「なに？」

「きみは、壁に穴をあけるだろ。でも、その穴、すぐ、たいらにふさがっちゃうだろ。あれ、どうやるの？」

「いやだなあ。ぼくは、上品な育ちだからね、そんな質問には、あまり答えたくないな。」

人間なら、まっかになるところだが、コンクリ虫は、もともと黒いので、紫色になって答えた。

「べつに、はずかしがることないじゃないか。」

「だってさ、それはさ、ぼく、コンクリートたべるでしょう。たべるとさ、いらなくなったものは出すでしょう。それで埋めるんだ。」

「ややこしい言い方しなくたって、あっさりふんって言えばいいじゃないか。あ、さっき、ぼくの頭にふりかけたやつ、あれはまさか…」

「ち、ちがう。あれは、ぼくが、せっせと一日がかりで…」

「どうしたんだい、コンクリ虫。いごこちが悪くなったのか?」

「ううん、ちょっと、背中がかゆいんだ。」

首すじでもぞもぞ動かれて、くすぐったくなった吉田くんは、コンクリ虫をてのひらにうつした。

コンクリ虫は、さっきから、背中がぴりぴりつっぱるので困っていた。

「きみ、いま、ぼくのこと、コンクリ虫ってよんだね。」

「あれ、そうだった? しまった。まあ、いいや。きょうは休戦だからな。」

コンクリ虫は、もう、口をきくのがむずかしくなってきていた。背中はますますぴりぴりするし、からだの外側が固くこわばり、そのくせ、何かすばらしい力が、からだの中から湧き出したがっているような感じだった。

「コンクリ虫、どうして、動かなくなっちゃったんだ? おい。」

ふいに、からだじゅうが自由になった。

コンクリ虫は、大気の中をとんでいた。

——……ってことは、つまり、うわァ、すごいぞ!

すっかり軽くなったからだは、薄くすきとおったはねの力をかりて、楽々と、舞うように、夜の空をとびまわっている。

――コンクリ虫って、やっぱり何かの、幼虫だったんだな。もう、コンクリ虫じゃないや。コンクリートの中に住んで、コンクリートたべてるんじゃないんだもの。ぼく、いまでは、何だろ。大空をとんでいるから、大空虫かな。それとも、お星さまにむかってとんでいるから、青い星虫なんていうのかな。

下を見ると、ビルの王さま吉田くんが、おどろいた顔で、手すりにもたれて、空を見上げていた。

コンクリ虫は――青い星虫は、思った。

ぼく、ひょっとしたら、夜の海をつっ走る白い帆船みたいにみえるんじゃないかなあ。

こだま

すすきの穂が銀色にひかり、
あかいはなびらが散ったあとのヒオウギはつやつやした黒い実をつけ、
杉の木の根もとをおおった熊笹の葉のふちは、白く枯れはじめて、
山は、もう、秋でした。
さいごの登山客が、リュックサックをゆすりあげて、山をおりてゆきました。
若い登山客は、ふりむいて、山に、別れのあいさつをしました。
「バッカヤロォー」
バッカヤロォー　　ロォー　　オー　　オー　　オー　と、こだまが谷間でおどりました。
びょうぶのような峰と峰とにかこまれたこの谷間は、夏のあいだは、
「ヤッホー　ホー　ホー」だの

「オーイ　ハヤクコォイコォイ　オイ　オイ」だの、たくさんのこだまで、みちあふれていました。

でも、秋のつめたい空気のなかで、いま、谷間には、バカヤロのこだまひとりきりでした。

「バカヤロ。」

こだまは、つぶやきました。

熊笹のしげみがガサガサ鳴って、野うさぎが、ひょっこり顔をだしました。

夏のあいだ茶色だった毛が、白くぬけかわりはじめて、まだらな毛色をしていました。

うさぎは、はなの頭をうごめかしながら、

「おや、あんた、だれだい？」

と、たずねました。

こだまは、たえずひくひく動いている、うさぎのはなの頭を、ものめずらしくながめて、

「バカヤロ」

と、こたえました。

「こんにちは。」

と、いったつもりだったのです。

でも、こだまは、「バカヤロ」ということばしか、しゃべれませんでした。

もちろん、うさぎは、気をわるくしました。はなの頭を、ひとつ大きくしかめて、

「ふん、ごあいさつだね。」

みじかいしっぽを、くるっと上にむけ、はねとんでいこうとしました。

ああ、待ってよ。

そういったつもりで、こだまは、また、

「バカヤロ」

と、よびかけました。

うさぎのはなの頭が、まっかになりました。ものすごく、ふんがいしちゃったのです。

「わるくちなら、あたしのほうが、もっといろいろ知っているよ。」

そういって、うさぎは、早口でありったけのわるくちをならべたてようとしましたが、急に、きどって、品のいいようすをしました。

笹の葉のかげから、野ねずみが顔をのぞかせたからです。

うさぎは、ちびでみすぼらしい野ねずみをばかにしていました。野ねずみのまえでは、いつも、そだちのいいところをみせびらかしていたのです。

「うさぎさん、こんにちは。」

野ねずみにあいさつされて、うさぎは、つんと顔をあげ、長い耳をしとやかにふり、しずし

ずとはねてゆきました。

「あなたにも、こんにちは。」

野ねずみは、こだまにもあいさつしました。

こだまは、いっしょうけんめい、したしみをこめて、ひとつしか言えないことばで、あいさつをかえしました。

「バカヤロ」

野ねずみの顔がゆがみました。まっくろいじゅずだまのような眼がうるんで、

「あなたまで、あたくしをばかになさるんですね。」

野ねずみは、しゃくりあげました。

「そりゃ、あたくしは、びんぼうで、うさぎさんのように、ようすがよくはありませんわ。だからって、はじめておあいするかたに、そんなひどいことをいわれるなんて……ほんとになさけないったら。」

とんでもない、と、こだまは首をふりました。でも、ことばをしゃべると、みんながふんがいすることがわかったので、だまったまま、ひっしになって、みぶりてぶりで、ばかになんかしていませんよ、と、知らせようとしました。

お友だちになりたいんだよ。

でも、野ねずみは、オオイオイ声をあげて泣きながら、熊笹のしげみの下に、もぐっていってしまいました。

こだまは、がっかりしました。

じぶんのほうが、泣きたくなりました。

「さびしいな」っていうかわりに、

「バカヤロ」と、小さな声で、ためいきといっしょにつぶやきました。

すると、おもいがけなく、だれかが、こたえたのです。

「マヌケ」

そうです。そうこたえたのも、やっぱり、こだまでした。

だれかが、マヌケ、と、どなったどなり声の、秋の谷間にとりのこされたこだまでした。

こんなうれしいことって、あるでしょうか。

こだまは、はずんだ声で、よびかけました。

「バカヤロ」

こんにちは、っていう意味です。

「マヌケ」

こんにちは、って、こたえたのです。

ふたりには、よく、意味が通じあいました。

「バカヤロ（ぼく、さびしかったんだよ。）」

「マヌケ（あたしもよ。）」

「バカヤロ（友だちになろうね。）」

「マヌケ（もちろんよ。うれしいわ。）」

ふたりは、たのしそうに、バカヤロ、マヌケ、と、いいあいながら、谷間をはしりまわりました。

ふたりの声は、だんだん小さくなりました。

笹の葉に、うす霜のおりるころには、ほとんどきえてしまうでしょう。いまなら、まだきこえるかもしれませんよ。

ギターと若者

若者とギターは、たいそうなかよしでした。いつも、いっしょにうたいながら、旅から旅をつづけていました。
春は、白い野ぎくのさく野原で、たのしい歌を、
夏は、波のおどる海べで、あかるい歌を、
秋は、落葉のちる林で、さびしい歌を、
冬は、粉雪の舞うなかで、いさましい歌を、
それは、たのしい旅でした。
ところが、若者にかわいがられて、旅をつづけているうちに、ギターは、だんだんわがままになりました。
野原に足をなげだして、若者がうたいだしたとき、ギターは、ちっとも、きれいなねいろをだそうとしませんでした。

「どうしたの？」

若者はききました。

「なぜ、いつものように、いっしょにうたってくれないの？」

「うたえませんわ、こんなところでは。」

ギターはこたえました。

「かげろうしか、あたしの歌をきいてくれるものはいないんですもの。」

海べの岩に腰かけて、若者がうたいだしたときも、ギターは、ちっとも、きれいなねいろをだそうとはしませんでした。

「どうしたの？　なぜ、いつものように、いっしょにうたってくれないの？」

「うたえませんわ、こんなところでは。」

ギターはこたえました。

「しお風が、あたしの糸をざらざらにするんですもの。」

林のなかで、木の切りかぶに腰をおろし、若者がうたいだしたときも、ギターはだまっていました。

「うたえませんわ。あんまりさびしくて、なみだで、あたしの糸がぬれてしまうんですもの。」

こおった小川をげんきよくとびこえて、若者がうたいだしたときも、ギターはうたいませんでした。

「あたしが、こんなに寒がって、ふるえているのが、おわかりにならないのかしら。」

いました。

若者とギターは、ある町にたどりつきました。

にぎやかな町でした。町の広場では、楽隊が音楽をかなで、人びとは、わになっておどって
ドラムの音がタンタンはずみ、ピアノはコロコロ、ホルンはボーボーなっていました。

「あたし、こういうところで、うたいたかったのよ。」

ギターはげんきになりました。旅でおぼえたいろいろな歌を、かたはしから、若者といっしょにうたいました。それは、じょうずにうたいました。町の人たちはよろこんで、手をたたいてくれました。

でも、ギターは、すぐにまた、きむずかしくなりました。

「どうしたの？　なにをすねているの？」

「ほら、あのギターをごらんなさい。まっ白で、とてもきれいだわ。あたしも、あんなふうに、まっ白にぬってくださらなくちゃいけないわ。そうして、サウンドホールのまわりには、花のもようをかいてくださらなくちゃいけないわ。」

若者は、あまりさんせいしませんでした。白くぬったりしないほうが、ずっときれいだと思ったのです。それでも、ギターをかなしませたくはなかったので、いわれるとおりに、まっ白にぬって、花のもようもかいてやりました。

「野ぎくなんかいやよ。まっかなばらをかいてくださいね。」

と、ギターは注文をつけました。

まっ白にぬられ、ばらのもようもつけたギターは、若者の友だちだったギターとは、もう、まるで、べつな楽器のようにみえました。

「あたし、劇場でうたいたいのよ。」

ギターはいいました。

「この町で、一番大きい劇場に、あたしを連れていってくださらなくちゃいけないわ。」

若者は、しぶしぶ劇場にいって、うたわせてくださいと支配人にたのみました。

青や赤のライトをあびて、白いギターは、虹のようにかがやきました。でも、楽屋はうすぐらく、若者は、森や小川がこいしくて、いきがつまりそうになりました。

「ぼくは、やっぱり旅がいい。」

「だって、あたし、ここが好きなのよ。あなたもいっしょにいてくださらなくちゃいけないわ。」

白いギターをくれないかと、ひとりの歌手がいいました。

「とてもいいギターだ。高く買うよ。」

「おかねなんかいりません。このギターは、ぼくの友だちです。売ることはできません。」

しかし、若者は旅に出たかったので、ギターにききました。

「あの歌手といっしょに、ここでうたっているかい？」

「ええ、いいわ。」

ギターはよそよそしくこたえました。

「あなたが、あたしより旅のほうがお好きなら、しかたがないわ。」

歌手にギターをわたして、若者はまた旅に出ました。

ギターを持たない旅は、なんてさびしく、つまらなかったことでしょう。

若者は、小さいフルートを吹いてみました。小さいウクレレもかなでてみました。トランペットも吹いてみました。アコーディオンもひいてみました。

でも、どうしても、ギターといっしょにうたったときのように、たのしくはありませんでした。

白いギターは、劇場で、虹のようにかがやいて大とくいでした。

そのうち、町では、エレキギターがはやりはじめました。耳のいたくなるような、はげしい音が町にあふれ、人びとは、エレキにむちゅうになりました。歌手も、ギターをやめて、エレキにかえました。白いギターは、楽屋の物置にほうりこまれました。

なん年かたちました。前より少し年をとって、前より少しかなしそうになった若者が、また、この町にやってきました。

劇場であった歌手は、白いギターのかわりに、コードのついた、ひらたいエレキギターを持っていました。

「ぼくのギターは？」

「あれはもう、役にたたない。物置に入れてあるよ。」

がらくたが山とつまれた物置に、若者は、むかしの友だちをみつけました。白くぬったエナメルは、まだらにはげおち、糸はきれ、その上、ひびまではいっていました。

「ひさしぶりだね。」

若者はいいました。

「もう、町のくらしもあきただろう。また、ぼくといっしょに、旅に出ようね。」

野原には、花がさいていました。海べでは、波がおどっていました。

でも、ギターは、うたうことができませんでした。

「うたいたいのよ、とても。だけど、あたし、もう声がでませんの。糸が切れてしまったし、からだにひびまではいってしまったんですもの。」

「そうだね。」

若者はためいきをつきました。

「きれた糸はとりかえられるけど、ひびだけは、どうすることもできないね。」

海べにちかい林のなかに、若者は、ギターといっしょにはいっていきました。若者は、ギターを木の枝につるしました。

風が、切れた糸の上をそっと吹き、ギターは、かすかに音をたてました。

小鳥たちが、ギターをみつけました。

「ごらん、すてきなうちがあるよ。」

小鳥たちは、せっせとわらをはこんで、ギターの中に巣をつくりました。

若者がうたうと、小鳥たちもいっしょにうたいました。ギターの糸も、風にゆられて、小さな小さな声で、いっしょにうたいました。

地獄のオルフェ

カズとムギ&ヒマワリ

なにしろ、ひどい便所なのだ。床板がぬけていた。電灯代を払わないから、暗くなると、ろうそくを持って便所にはいるのだ。片手でろうそくをささげ、片手でチャックをひきおろす。シャツの裾がチャックにひっかかる。

「便所に行くの、いのちがけだったな」

あとになって、カズはいっていた。

「せいいっぱい股ひらいて、根太《ねだ》と根太に足かけないと、床板ふみぬいて、落っこっちゃうんだもんな」

そこが、カズと、『ムギとヒマワリ』の所属する音楽事務所であった。

誤解しないでほしい。便所が事務所だったわけではない。便所は事務所に付随《ふずい》しているのだ。

事務所も床板がくさっているから、根太のはいっているところを選んで、足をふみしめる必要があった。

はじめてその音楽事務所を訪れたとき、悲しくもないのに、やたらに涙が出た。便所のドアの割れ目からただよってくるアンモニアが目にしみるのだとわかった。かつて、機動隊の催涙《さいるい》ガスを浴びたときの痛みを、私は思い出した。

所長は、まだ大学の学生だった。ジョン・レノンのような丸いレンズの小さいめがねをかけ、口ひげと顎《あご》ひげで顔の下半分を飾っていた。

私は、シンガー・ソングライターの草わけであるとともに、『ジンジャー・レコード』ＫＫのプロデューサーの肩書を持っている。発足してまもない、超マイナーレーベルの会社だ。

ジンジャー・レコードがプロモートするコンサートに、カズと、『ムギとヒマワリ』を出演させたいと、私は所長に用件をきり出した。フォーク・ファンのあいだでは名のとおった歌手が多数出演する。そのあいだに、無名の、カズ及び『ムギとヒマワリ』をはさみこむ。ライブも作成することになっている。

所長は、もちろん、すぐのってきた。所長というよりは、ヒモという感じであった。ギャラをせり上げようとするテクニックは心にくいほどだが、こちらのほうが立場は強い。コンサートでの客の反応をみて、ジンジャー・レコードの専属にしたいという腹はかくして、条件が合わなければおりると、つっぱなした。

素質のいいことは、すでに調べてあった。『まわりどうろう』というフォーク喫茶に、迫力のあるアマチュアのシンガーが出演しているとききこんで、聴きにいってみたのである。

フォーク喫茶といっても、名のあるシンガーはひとりも出演していない。アマチュアやセミ・アマチュアのたまり場らしい。

客はほとんど、ティーンエイジャーだった。すみの席にめだたないよう腰かけたのだが、目ざとくみつけて、「和久《わく》ちゃん、サインして」わっと寄ってきた。店の奥正面におかれたマイクには、客がみな尻をむけるかっこうになった。

奥から、ギターをさげて、十八、九とみえるペアのシンガーがでてきたが、からの客席と、店の一隅にごちゃごちゃかたまった人垣を目にして、とほうにくれたように立ちすくんだ。

これが『ムギとヒマワリ』だということは、すぐわかった。ムギは、小柄で気の弱そうな若者だった。ヒマワリ――あとで、くみ子という名だとわかった――は、顔のりんかくも目鼻も、ぼうっとやわらかくけむったような雰囲気《ふんいき》をもっていた。

「おまえたち、ひっこめよ」客のひとりがどなった。ムギは、泣きそうな顔で笑った。

「和久ちゃん、うたって」女の子の客が、はな声でねだった。

ほかの者が、それに声を合わせた。ムギ、ひっこめ、という声と、和久ちゃんうたって、という声が、騒々しいシュプレヒコールになった。

カズが出てきても、シュプレヒコールはやまなかった。

カズ、ひっこめ、和久ちゃん、うたえ。

カズは客をどなりつけるという話をきいていた。客がざわついたり、歌をきかないでいちゃついていたりすると、「てめえら、おれの歌をききたくないのなら、とっととうせろ」と、本気で怒るというのである。

大きなトンボめがねが顔の半分をおおっていた。ばさばさの長髪が肩までなだれ落ちている。青いTシャツがところどころ網の目のように破れているのは、汚れおしゃれをきどっているわけではなく、本当に金がないからだろう。

『ムギとヒマワリ』がうしろにさがると、カズは、マイクの前に足をひらいて立った。ギターのネックを低くかまえ、機関銃を浴びせるようなイントロ。カズは、私に気がついていた。歌で勝負しようとしていた。罵声《ばせい》で客の気持ちをひきつけるいつもの手は使わなかった。

くたばれ　くたばれ
くたばりやがれ
おやじもおふくろも

くたばりやがれ
ポリ公も先公も
くたばりやがれ

客たちは、簡単にカズのビートにのせられて、手拍子を打ちはじめた。

首相も大統領も
くたばりやがれ
風呂屋のおやじも
くたばりやがれ

「おれの髪、長いからよ、洗髪料払えっていいやがんの、あん畜生」

トンボめがねの下の口が笑うと、頰のこけた顎の細い顔は、おどけたカマキリのようになった。客席がわく。

「おれ、やなんだよ、この歌うたうの」

「いやなら、やめろよ」

野次がとぶのを無視して、

「ポリににらまれるからよ。このまえ、えらい人のこと、くたばりやがれってうたったら、右翼から脅迫状がきてしまったのだ。おれ、臆病だからね、命惜《お》しいからね、そこんとこ、自主的にカットしてるんだ、畜生」

『ムギとヒマワリ』のギターもバックに加わって、アップテンポのコードストロークがリズムをきざむ。

カズは、ふいに、私のほうに指をつき出した。

老いぼれ和久ちゃんも
くたばりやがれ

ティーンエイジャーたちが、笑いころげながら、私をふりかえった。

私は立ちあがって、マイクに近づいた。『ムギとヒマワリ』のコードを打ちおろす手がとまった。

「おっ、やるの、和久ちゃん」

客席の声は、私がカズに一発ぶちかますのを期待していた。

くみ子の手からギターを受けとって、私はカズのバックに立った。単純なメロディーだから、一度きいただけで、コードはすぐにつけられた。

赤ん坊カズのヘタクソヤロウも
くたばりやがれ

私はうたいかえした。客はよろこんだ。

カズは全身から汗を散らしていた。十月の初旬。じっとしていれば、Tシャツ一枚では肌寒い気候である。

『くたばれ節』が終わると、カズは、ぐしょぬれになった青いTシャツを裾からめくり、皮をはぐようにぬぎ捨てた。シャツの色が落ちて、肌が青く染まっている。その汗みずくのシャツで、顔から髪をごしごし拭いた。

カズはそのあと二曲うたって、『ムギとヒマワリ』にバトンをわたした。

ギターのイントロがしばらくつづいてから、歌にはいる。

ぼくは足のない小鳥です

風といっしょに飛びつづける

翼がくだけそうに疲れても、ぼくは飛びつづけなくてはならない。足がないから、木の枝でやすむことはできない。やすむときは、死ぬときだ。大地が、疲れはてたぼくが石つぶてのように落ちてくるのを待っている、という意味の歌詞がつづく。

テネシー・ウイリアムズからとったのだな、と私は気づいた。T・Wの戯曲『地獄のオルフェ』に、同じようなせりふがある。高校のころ読んで、強く印象に残った。放浪をつづける男が、女に語る。

『こういう鳥の話、知っていますか。足がないため、一箇所にとまることができず、一生空をとびまわっていなくちゃならない。からだは小指ぐらい。手のひらにのっけると、軽くて、羽のようにふわふわして……翼は透明、空と同じ色だから、すきとおってみえるんだ……寝るときは風にのって、そう、夜が訪れると、風の上に翼をひろげて眠るんだ。この小鳥たちは、風の上で眠り、けっして地上に降りてこない。下界に姿をあらわすのは、たった一回。それは、死んだときだけ』

ムギの声は、男にしてはハイ・キーで、ビブラートがかかっていた。

演奏が終わってから、三人をほかの喫茶店に連れだした。静かな店の一隅に腰を下ろすと、カズは、「さっきは失礼しました」と、殊勝《しゅしょう》なあいさつをした。あの傍若無人な態度は営業用で、地ではなかったのかと、私は意外に思った。

本名や年をたずねると、

「名前はカズ。名前なんて、ひとつあればいいでしょう」と、やはり、くせのある返事がかえってきた。

ムギとくみ子も、ちゃんとした姓名を名のろうとはしなかった。

「おれたち、三人とも家出人ですからね。いろいろつっこまれるとやばいんだ」

「三人は、前からの友だちかい？」

「ぼくとクミは、兄妹です」ムギは、うたうときとはまるで違う、ぼそぼそした声で答えた。

「そうして、クミはおれのつれあいであるという、複雑な三角関係なのです」カズがつづけた。

「へえ、きみとくみ子さんは同棲してるのかい」

「そういうことです」

「ぼくは、はじき出されて、あちらこちらを、転々悶々としているのです」ムギがいった。

「いっしょにいたっていいってのに、ひとりであてられて、もだえちゃってるんだよな」

「きみたちの歌は、やはり全部自分たちで作詞作曲するの」

「カズが、ほとんどやるんです」

「それじゃ、『足のない小鳥』もカズくん？」

「そうです」

「レパートリーの幅が広いんだね」

「そう、おれは、非常に才能ゆたかなのです」

カズは、ぬけぬけといった。

「『足のない小鳥』は、『地獄のオルフェ』だろう」

「ネタがばれたか」

カズは、舌の先をのぞかせた。幼い表情になった。

もう歌はやめるよ!!

三人を音楽事務所からひっこぬくについては、ちょっとごたついた。

「音楽事務所ったって、ただの連絡場所だ。所長がやるのは電話番だけ。べつに仕事さがしてきてくれるわけじゃなしさ。おれたちのギャラかすめて、パチンコ代にしてるんだ」と、カズが楽天的にいうから、話は簡単にすむものと思っていたが、ジョン・レノンとキリストのトレード・マークを剽窃《ひょうせつ》した所長は、すなおに承知しようとはしなかった。しかし、こんな男に中間搾取させておくほど我が社は財政ゆたかではない。借金だらけではじめた弱小企業なのである。

それでも、どうやら片がついて、三人は、ジンジャー・レコードの専属になり、いっさいのマネージメントは私が受けもつことになった。

「あんまりドサらせないでくれよな」契約書にサインしながら、カズはいった。

カズの全身でぶつかるような歌と、罵詈雑言《ばりぞうごん》とジョークのいりまじったおしゃべりは、急速にファンをふやした。

ステージに立つ機会はふえたし、出演料は大幅にアップしていった。いくぶん金まわりがよくなっていいところだが、前借でギブソンの新品を買ってしまったので、あいかわらずの貧乏暮らしだ。カズとくみ子は、江古田《えごた》の四畳半ひと間のアパートで同棲をつづけ、はじきだされてもだえちゃっているというムギは、ふたりのアパートやほかの友人のところを泊まり歩いていた。私のアパートにもよく泊まりに来た。私のところは、六畳の居間にDK、便所も浴室もついているから、便所が共同で風呂は銭湯というカズのところよりは、はるかにましである。

コンサートは成功した。『足のない小鳥』をA面、『くたばれ節』をB面にいれたシングル盤を出した。かなり早い出足で売れゆきはのび、深夜放送のリクエストも多くなった。そのうちに、カズと『ムギとヒマワリ』のジョイントで、一発ライブを出そうと、私は時期をねらっていた。

くみ子からあわただしい電話がかかってきたのは、二月の末、そろそろジョイント・コンサートを開いてやろうかと思っているやさきであった。

深夜、三時に近かった。くみ子の声は、いつもよりオクターブ高かった。

「ムギが……にいさんが、なんだかおかしいの。大きないびきをかいて眠っていて……よだれ垂らして、全然起きないの」

「そりゃそうだろ。寝入りばななら、ちょっとやそっとじゃ起きないぜ」

「だって、ふだん、目ざといほうなのよ。それなのに、あたし、トイレに行こうとして、うっかり顔ふんづけちゃったのに、まだ起きないんだもの。ちょっと変じゃない。それに、枕もとに、ハイちゃんのあきびんがあったの」

「ばか、なぜ、それを最初にいわないんだ」

私はどなりつけた。

「医者はよんだのか」

「ううん、まだ」

「すぐ、医者に電話しろ。医者が起きなかったら、救急車をよべ。カズは？」

「いない。カズだけ、野音のフォーク・フェスティバルに出演したの、知ってるでしょ。今夜は帰らないと思うの。ねえ、救急車、困るの。いろいろ調べられるでしょ」

「そのまま逝《い》っちゃったら、もっとやっかいなことになるんだぞ。医者が来るまでに、とにかく吐かせておけ」

「吐かせるって、どうやるの」

しゃっくりするような、のどにつまった声で、くみ子はきいた。

「指でもなんでもつっこんで、吐かせるんだ。おれもすぐ行くから」

くわしい話をきいているひまはなかった。車のキーがポケットにはいっているのをたしかめて、部屋をとび出した。

深夜のことで、交通量は少ない。下神明《しもしんめい》の私のアパートから江古田まで、七環《ななかん》を通って三十分もあれば着く。アクセルを踏みこみながら、頭のなかはいそがしく回転していた。

ムギには、ハイミナールをかじってラリる習癖はなかった。自殺をはかったとしか思われない。その予感が皆無ではなかったという気がした。ムギの近ごろの言動は、平静を欠いていた。いいたいことも半分は口のなかにのみこんでしまうような内向的な少年だが、最近は、ちょっとしたことでカズにからんだり、つまらないことにひとりでげらげら笑って、あとで、しゅんとしらけたり、いやに感情の起伏がはげしかった。

同時に、フォークの歌手として出発しながら、人気の点で、カズとムギでは、かなり差がひらいていた。しかし、そんなことを苦にして自殺まではかるとは思えなかった。それほどに、ライバル意識は強くない。カズにしても、ムギにしても、一途《いちず》に歌に賭けるというほど、ひたむきではなかったのだ。彼らの売りこみにいちばん熱心なのは、プロデューサー兼マネージャーの私で、本人たちは、まだ、自分をアマチュアとしか思っていなかった。好きなことをやりたいようにやればいいので、いやになればいつでもやめるといった態度だった。

フォーク・ファンを対象にした雑誌『ニュー・フォーク・ジャーナル』が取材にきたときも、三人ともおよそ非協力的で、写真は撮らせない、生いたちや経歴については、口から出まかせではぐらかすというふうだった。

「ギンギラギンの歌謡曲の歌い手さんとはちがうんだぜ。つらだの、昔のことだの、関係ないでしょ」

カズたちの、そういうコマーシャリズムを無視した、あっけらかんとしたところが、私は、内心、気にいってはいたのだ。フォークは、元来、あそびだと、私は思っている。あそびというと誤解されそうだが、金や名声には無縁な、自由気ままな歌。野の鳥のように。たまたま、それが、他の者の心に訴えるところがあれば、口づたえにひろがってゆく――というようなあいには、現実には、いかない。シンガーといえども、食べていかなくてはならない。だが、コマーシャル・ベースにのろうと、目の色をかえて必死になるフォーク・シンガーというのは、どうも……そのくせ、私自身は、彼らを商品にして金を稼いでいるのだから、我ながら矛盾している。

もっとも、カズたちの自己韜晦《とうかい》は、無欲なためだけではなく、彼らのいうとおり、家出人という事情もあるらしかった。

おれ、実は、保護観察をうけてる最中にとび出したんだ、とカズは私にいったが、どうやらそれは、口から出まかせらしかった。私は、家出の事情をむりにきき出そうとはしなかった。しゃべりたくないことを強引に問いつめると、この連中、しれっと嘘をつくのだ。


私が着いたときは、すでに近所の医者が胃洗浄をすませて、強心剤の注射を与えている最中だった。隣の部屋の住人だという中年の女が、すっかりうきうき興奮して、世話をやいていた。大騒ぎしたのがおかしいように、ムギは、おだやかな寝顔をみせていた。医者は、「あとはほうっておいても大丈夫だ」と、さっさと帰っていった。時間外の往診だからというので、おそろしく高い料金を請求された。

居残って、はしゃいだ声で、かわいそうにね、なんていっている中年女を、私は、愛想よく、だが、きっぱりと、追い出した。

枕もとの洗面器に、嘔吐物のまじった洗浄液が泡を浮かべ、底のほうに、なかば溶けかかった錠剤が、いく粒も沈んでいた。

「どのくらい飲んだんだ」

「わからないわ」くみ子は、ハイミナールのあきびんをみせた。

「最初、どれだけはいっていたか知らないから」

「どういうことなんだ」

「わけがわからないの」

首を振ると、長い髪が重そうにゆれた。

「こわいわ」とつぶやいて、くみ子は、ひくっと、すすり泣きをこらえた。

「ムギを見るの、こわいわ」

やがて、気をとり直して、くみ子は、汚物のはいった洗面器をかかえ、こぼさないように、そろそろと廊下に出ていった。廊下でようすをうかがっていた隣の女や、ほかの部屋の住人たちが、くみ子に問いかけている声がきこえ、くみ子の足音は遠ざかった。

私は、ムギの手首をとった。脈はしっかり打っていた。

ムギのからだを毛布でくるみ、肩にかついで、私は外に出た。廊下にかたまっていた人びとが、ばつ悪そうに道をあけた。共同便所から、からの洗面器をさげてもどってきたくみ子が、

「和久ちゃん、帰っちゃうの」と、心細そうな声を出した。

「カズが帰ってくるまで、部屋に鍵をかけておけ。あの金棒引《かなぼうひ》きどもを入れるんじゃないぞ」

「ひとりじゃこわい」といってから、くみ子は、「いいわ。ムギを見ているほうが、もっとこわいもの」と、つぶやいた。

「のどがかわいた」と、ムギはいった。

「妹に惚れるなんて、おまえ、ドジもいいとこだぜ」わざと荒っぽく笑いとばして、私は、冷たい水のはいったコップを手渡した。

ムギの書いた遺書を見たのは、私ひとりだった。くみ子が部屋をあけているあいだに、発見したのである。

遺書と、冒頭に書いてあった。遺書と書いたつもりなのだろう。くどくどと言葉が書きならべてあったが、要するに、くみ子を愛している、というテーマのバリエーションの羅列だった。思いあたるふしが、ないでもなかった。ムギがくみ子に向ける目が、兄が妹を見るにしては、妙に熱っぽいと思ったことが、何度かあった。愛してはならないものを愛してしまったという思いが、ムギを自殺にまで追いつめたのだろうか。この紙片は、くみ子には見せないほうがいいだろう。ムギがめざめたとき、私ひとりのほうが話しやすいだろうと判断して、私のアパートに連れてきたのである。

私のパジャマは、ムギには大きすぎた。胸もとがはだけて、のどぼとけのとび出した細い首がつき出ていた。

「和久さん、兄妹の相姦てこと、どう思う？」

コップの水をひと息に飲み干し、もう一杯も七分目ほど流しこんで、ムギは口のはしを手の甲でぬぐった。声がかすれていた。

「おまえ、クミとやったのか」

「指一本、さわってないよ」

「やりもしないで、かってに失恋して自殺するなんて、お笑いだぜ」

「眠れなかったから、ハイちゃん飲んだだけだ」ムギは、ごまかした。

「遺書ってやつ、読んだよ。おまえ、ケンショって書いてたけど」

「兄妹で愛しあうっての、和久さん、どう思う？」

ムギは、執拗に、その話題にしがみついた。

「よっぽど、もてねえやつらだなって思うぜ。何も、そんなややこしいところで惚れあわなくたって、まわりに、いるだろうにさ」

「でもさ、まわりのやつらなんて、めじゃないくらい、好きで好きでたまらなくなっちまったら」

「クミも、おまえに惚れていたのかい」

ムギは、はげしく頭を振った。

「おれじゃない。クミは、カズにめた惚れなんだよ、兄貴なのに」

私は、ムギの飲み残した水をあおった。それから冷蔵庫からビールを出してきた。

「どうなってるんだ、おまえたち。三人とも兄妹なのか」

おれはちがうんだよ、とムギは枕に顔を押しつけ、よくききとれない声でいった。髪をつかんで仰向《あおむ》かせると、目がまっ赤になっていた。

「すげえよ。コンクリートの壁みたいに、ガチッとしてるんだよ。兄妹で、しかも、とことん愛しあってるだろ。ダブル・コネクションだろ。他人のおれが、いくら惚れたって、もう、どうしようもないって感じ」


二日後に、ムギは蒸発した。

「惚れくたびれちゃったよ」

出て行く前に、気弱な笑顔でいった。『足のない小鳥』の増プレス分の印税を、前渡しの形で渡してやった。

カズとは、バイト先で知りあったのだと、ムギはいった。カズとくみ子は、家を出ていっしょに暮らしていた。

ギターやフォークが好きだったので、気が合った。兄妹だとは知らなかった。

カズの独特な唱法は、グループ編成でやるには適さなかったから、ソロでやり、くみ子とムギが、ペアを組むようになった。くみ子とムギが兄妹ということにしたのは、カズが、ムギの気持ちがくみ子にかたむくのを警戒したためであった。

「おれも、クミはいい子だと思うけれど、他人のかみさんに手は出さないよ。妹みたいにかわいいと思うだけだ」

ムギがいうと、カズは、すかさず、その言葉じりをとらえた。

「それじゃ、おまえとクミは兄妹ということにしておけ。それなら、おれのかみさんとペアを組んでも、三角関係だなんてかんぐるやつもいないだろう」

同じバイト先にはいってきたL大学の学生が、カズたちのほかに、アマチュアのフォーク好きを数人集めて、音楽事務所を設立した。

「クミって子はこう……なんていったらいいのかな。とろーっとして、かわいくて」適切な表現を探しあぐねて、ムギは、いらだたしそうに手を動かした。

「でも、だめなんだよな。まるっきり歯が立たないの。ほんと、コンクリートの壁なんだよ、あのふたり。がっちり愛しあっちゃってて。おれ、いじけて、うろうろしちゃってさ。しまいには、あいつらのこと、世間にばらしてやろうか、なんて……。けっきょく、和久さんにしゃべっちゃったけど」

「どうしてわかったんだ、ふたりが兄妹だってこと」

「そりゃ、わかるさ。うまくかくしてるつもりでも、しじゅう顔つきあわせてりゃ、自然にわかっちゃう。ショックだったよ」

私にも、ショックだった。

ムギは、自分のことは、中学卒業後、集団就職で上京してきて、その後、仕事先を転々としていたのだと簡単に話した。

「もう、歌はやめるよ。クミにも会わない」

ムギは出ていった。

おれとクミの問題だ！

パンとコーヒーという朝食は、私は好きではない。目がさめると、まず、味噌汁をつくることにしている。だしのにおいのするうまい味噌汁をのみたいのだが、そこまでは手がまわらない。粉を湯でとくだけであがりというインスタント味噌汁だけでがまんしている。それでも、朝からコーヒーのにおいをかがされるよりはましだ。コーヒーは、昼間、いやというほどつきあわされる。

ねぎをきざみこんだ味噌汁をコーヒーカップにいれて（汁椀《しるわん》は持っていないのだ）、朝刊に目をとおしているとき、下段の週刊誌の広告が目にはいった。『女性ウイークリー』暴露《ばくろ》記事が売り物の女性週刊誌のなかでも、ことにあくどいので有名である。

だれとだれが結婚だの離婚だのと、タイトルがならんだなかに、私は、カズとくみ子の関係を記した記事のタイトルを見いだしたのだ。

カップから味噌汁がこぼれた。

ムギがたれこむはずはないと思った。自殺未遂のおかげで、憑きものが落ちてふっきれたようなところがあった。睡眠剤をのむ前に密告したのなら、もっと前に記事になっているはずだ。ムギが出ていってから、十日以上たっていた。カズとくみ子は、船旅コンサートというのに出演中で、東京にいない。東京湾航行の船中で催される、真夜中のフォーク・コンサートである。主催はＴＥＣラジオ。昨夜の深夜放送で実況が中継された。相棒のいなくなったくみ子は、『足のない小鳥』ほか二、三の曲を、カズとペアでうたっていた。

午前中は企画会議、午後から古株の歌手の吹きこみに立ちあうというのが、私のスケジュールだった。出社の途中、本屋のわきで車を止め、本日発売の札をのせた山積みの『女性ウイークリー』から一冊ぬいて買った。

ふたりの顔写真が、はっきりのっていた。ぬすみ撮りではない。カメラを意識した正面向きの顔であった。

文面から、週刊誌の編集部にたれこんだのは、同じアパートの住人らしいと見当がついた。

私は、ムギからふたりが兄妹だときいたということを、まだカズたちには告げてなかった。ムギの思いちがいかもしれない。真実であっても、かくしていることを、むりにあばいてもはじまらない。ほうっておこうと思ったのである。しかし、こうおおっぴらになってしまっては、黙っているわけにはいかない。

帰途、車をカズのアパート、『福寿荘』にまわした。福寿荘の管理人は、めざしに似た中年男だった。三畳の管理人室に石油ストーブをがんがん焚き、鼻の頭に汗をうかべていた。

密告したのは、カズたちの隣室の女だと、管理人はいった。

「だがね、あのひとだけじゃない、アパートのみんなが、追い出せ、っていってるんだよ。みんな、気がついていたからね。それに、あんな自殺さわぎだろう。迷惑もいいところだ。あんた、あのふたりの知りあいなら、荷物をひきとってもらいたいね」

荷物というほどのものはなかった。紙袋につっこんだ下着の替え。くみ子の服が二、三枚。柄《え》のとれたまっ黒な鍋がひとつ。

カズとくみ子は、船旅コンサートから帰ってきて、アパートを追い出されたことをはじめて知った。家主にそんな権利はないはずだ、和久さん、どうして、おとなしくいうことをきいたんだ、とカズは怒った。

「『女性ウイークリー』の記事は本当なのか」ときくと、八割がた本当だとうなずいた。

「週刊誌の記者なんかに白状する前に、なぜ、おれに相談しなかったんだ」

「和久さんに関係ないでしょう。おれとクミの問題だ」

「関係は大ありだ。おまえたちのレコード、発禁になるかもしれないぞ」

「かまわないよ」とカズは答えたが、語尾から力がぬけた。世の中どうでもいいよ、といったふうなカズだが、やはり、自分で作り上げたものには強烈な愛着があるのだろう。

私のアパートにころがりこんできて、ふたりは、生活環境がよくなった、とよろこんでいた。週刊誌の記者にはいっさいよけいなことはしゃべるなと口止めした。しかし、ショッキングな話題を鵜の目鷹の目で探している週刊誌が、せっかくのうまい餌を一度で手放すわけはない。翌週の『女性ウイークリー』に、第二弾がのった。ふたりの身もとがわかったのである。高校のときの同級生にちがいないというような投書が、何通も編集部にとどいた。みな、同じ人物を名ざしていた。

『記者は、それらの投書を手がかりに、両親と思われる人をたずねてみた。東京のベッドタウン千葉県N市の、広大な団地の一角である。高校の教師をしているA氏（特に名を秘す）もその夫人も、本誌先週号の写真と記事をみせたところ、言下に、それはうちの子ではないと否定した。A氏には三人の子供（女20才、男18才、女17才）があり、下の二人は一年ほど前家を出たまま帰っていないという近所の人の証言があった。また、写真をみせたところ、髪形や化粧でずいぶん変わってみえるが、Aさんの長男と次女にちがいないという人は大勢いたのである』

歌謡曲の歌手なら、とっくに芸能界から抹殺されているところだ。だが、私は、やましいことはしていない、兄妹で愛しあってなぜ悪い、だれにも迷惑かけていないじゃないか、とひらきなおったカズを、徹底的にバックアップする決心をした。

ひとつには、どんな非難を浴びても、くみ子を護《まも》りとおすのだといいきったカズに、虚勢やうすぎたなさのない真摯《しんし》なものを強く感じ、彼を責める気にはなれなかったのだが、さらに、私自身の次のような心情もあった。フォークは、いまではすっかり、甘ったるいホームソングになってしまったが、その原点には、既成の権威、権力への抵抗の姿勢があったはずだ。社会の秩序が保たれてゆくそのかげに、多くの矛盾や欺瞞《ぎまん》がおおいかくされている。敏感にそれを感じとり声をあげるものは、秩序にそむくものとして圧殺されることがしばしばだ。

もちろん、抵抗の歌をうたったからといって、何ひとつかわるわけではない。歌にも歌い手にも、そんなだいそれた力はない。だが、初期のフォークは、少なくとも、そういう心は持っていたと思うのだ。

また、社会のタブーというもの。これも、ときには、多数の利益のために少数の利益を踏みにじるという性質を持つことがある。

兄妹の愛がそれだというわけではない。しかし、兄妹愛がタブーとされるその理由は何なのか、それがあいまいなままで、世間は、ひたすらタブーを盾にとる。けだもの同然だという。単にそれだけの理由なら、セックスも妊娠も出産も、すべてがけだもの同然だということになる。

遺伝の問題がある。カズは、そのために、こどもを作らない手術をしたといった。種の保存が動物の必要条件であるとき、なるほど、遺伝に悪影響のある兄妹愛は社会から嫌悪されるだろう。だが、現実に、カズとくみ子は愛しあってしまった。その発端が、何も、タブーへの挑戦とか、崇高な至上の愛とかいったものではないということは、私も、意地悪く見とおしている。性の衝動に溺れた。自制心がなさすぎた。いくらでも、カズを責める言葉はある。だが、それを、崇高な至純なものに高めることはできないだろうか。

私は、ただ愛だけを武器に世間のタブーに立ち向かおうとするカズを捨てることはできなかった。それどころか、懺悔《ざんげ》していおう。けしかけさえしたのだった。

投石、脅迫、非難……

窓ガラスが割れた。ダイニング・キッチンの床に、虹の破片のような光が無数にきらめいた。カズが起き出してきて、むっと押しだまったまま、ほうきをつかいだした。私は古い新聞紙を水にひたしてちぎり、床に投げた。くみ子は眠っていた。寝る前に睡眠剤を少し飲んだのが効《き》いているらしい。夜中に脅迫じみた電話がかかってくるようになって、くみ子は神経をとがらせていた。

入口のドアにわいせつな落書をされるのは、「カズのほうがじょうずだ」などと批評しておもしろがっていられたが、夜中にガラスを割られるのは、あぶなくてかなわない。くみ子が長い髪いっぱいにガラスの破片をちりばめて、浴室からとび出してきたこともあった。他人のことに関しては無関心なのが都会の美点なのに、社会のタブーが平然と破られたとなると、その拒絶反応は、実際、すさまじかった。駅からアパートまで歩いて十五分ほどの道のりを、くみ子は、こどもたちにはやしたてられながら歩く。「イヌ、イヌ」というかん高いわめき声が、小石といっしょにくみ子の背に投げつけられる。カズは、くみ子にひとりで外出することを禁じた。外に出るときはふたりいっしょで、これみよがしに腕をたがいのからだに巻きつけた。

投石されても警察に訴える気はまったくなかった。反社会的な行為をやりとおそうとしているのだ。警察の助けを求めたのでは、しまらないことになる。

私は気分が高揚していた。私のアパートでも、管理人がふたりを立ちのかせてほしいと居住者の意向をつたえてきた。投石、脅迫電話、アパートの住人の非難、管理人の立ちのき通告、それらは私を気負いたたせた。社長から、カズとくみ子を専属から切ったほうがいいのではないか、イメージダウンになるといわれたが、私は従わなかった。シングル盤の売上げはのびているのだ。

私は、違う方法で、この稚《おさな》いふたりを守ってやるべきだったのかもしれない。だが、私はひとり、叛逆の魔力に陶酔していたのだ。

問題は、カズがどこまで耐えきれるかということであった。くみ子は、全身をカズにゆだねきっている。その重みを、しだいに、カズは手にあまるように感じはじめたようだった。何もいいはしなかった。くみ子に対するカズの態度は、はげしく、やさしかった。くみ子のからだのりんかくはやわらかみを増し、カズは頰の肉が削《そ》げてゆくようにみえた。

舞台に立ったときの微妙な変化に、私はカズのためらいを感じとった。客をどなりつけようとして、ふと口ごもったりした。

カズが、徹底して反タブーの姿勢を貫けば、それなりに客を惹《ひ》きつけることもできる。だが、客は、カズの後退を敏感に悟り、しらけた。好意的な笑い声のかわりに、反感のまじった野次がとんだ。野次より悪いしらじらした沈黙しかかえってこないときもあった。客席との交流がとだえたとき、歌手の熱演はこっけいなから回りとなる。

「しっかりしろよ」

ガラスの破片のつきささった新聞紙の屑を掃き集めながら、私は叱りつけた。

「おまえがしゃんとしていなくては、けっきょく、ただのうすぎたないスキャンダルになってしまうんだぞ」

ウイスキーを出してグラスにつぎ、スツールに腰を下ろした。

「だめなんだよ、和久さん」

カズは、いきなり私の膝に顔を伏せて泣き出した。

「おれ……立たなくなっちゃったんだよ」

知恵の木の実を食べたために裸体を恥じることを知ったアダムのように、カズは世間の目で自分を見るようになっていた。

——おれだって、女を見たって立たないんだぜ。

私はつぶやいたが、声には出さなかった。機動隊員の鉄のような靴で下腹部を踏みにじられて以来、私は機能を失っていた。

カズは、声を殺して泣きつづけた。

舞台上の抱擁

三千人を越える聴衆が、客席を埋めていた。体育館にも使われる大学の記念堂である。

きょうの企画は、ジンジャー・レコードとは関係ない。大学のフォーク・カーニバル実行委員会の主催である。丹羽《にわ》まもるだの三田村英二だの、テレビにはあまり出ないが人気のあるシンガーが顔をそろえている。私も歌手として出演した。

自作の歌を四曲で、持ち時間三十分。うたいながら、舞台に出ようとするとき耳にはさんだ男の声が気になっていた。

楽屋は、舞台の袖とドアひとつでしきられた殺風景な小部屋である。壁も床も天井もコンクリート。雨もよいのうっとうしい天気のせいか、地下鉄の駅のようなざらついたにおいがこもっている。

司会の松宮が、「和久さん出番」とよびに来たので、袖に出た。その背後で、「諸井《もろい》一彦くんと久美子さんですね」と話しかけている声が耳にはいったのだ。ふりかえろうとしたドアを、松宮が閉じた。ちょうど、丹羽まもるの歌が終わったところだった。松宮は私の横をすりぬけ、舞台の下手に出て、ハンドマイクで「次は和久ちゃん、和久総太郎くんです」と告げた。拍手が起こった。

諸井一彦、諸井久美子、カズとくみ子の本名である。私は、簡単なコードを二度とちった。あいだのおしゃべりはぬかし、四曲つづけざまにうたって、楽屋にひっこんだ。まだ時間があるとみて、楽屋でコーラを飲んでいた松宮は、あわてて袖にとび出した。

「和久さん、きょうはえらく走りましたね」

すれちがいざまに声をかけた。

楽屋には、歌手や実行委員の学生など、十人近くが詰めていた。カズとくみ子の姿はみえなかった。

「カズは？」

「いましがたクミといっしょに外に出ていったよ」

三田村が答えた。

「どこへ」

「さあ」

「カズに面会の客が来ていたようじゃない。だれだい」

「和久さん」三田村は声をひそめた。「カズの実家で、不幸があったらしいよ」

楽屋にいたものは、みな、その話を知っているようだった。

新聞記者がカズとくみ子の談話をとりにきたのだと、三田村は低い声で話した。

「カズとクミのことね、実家のほうじゃ、だいぶまいったらしいよ。週刊誌はわいわい書きたてるし、団地でしょう、隣近所がうるさいし、うちの人、みんなノイローゼになっちゃってね、ねえさんとおふくろさんが、ガスでね、やりかけたんだって。発見が早くて、なんとか助かったそうだけど」

「それをいいに来たのか、新聞記者が」

「そう。あすの朝刊にのせるつもりらしい。未遂だから、ふつうなら、新聞種になるような事件じゃないんだろうけど、原因が原因だから。カズにね、どう思うかってきくんだ」

「それで、カズは？」

「大見得《おおみえ》きってたよ。ぼくたちは愛しあっているって」

「どこへ行ったんだ、カズとクミは」

「カズ、舞台に出るっていっていたよ。だから、じきにもどってくるでしょう」

探しに行こうと立ち上がる前に、外に通じるドアがあいて、カズとくみ子がはいって来た。髪も眉もしっとりと濡れ、唇が藍色になっていた。

「降ってきやがった」カズはひとりごとのようにいった。

「いま、話きいたよ。助かったそうで、よかった」

私の声は、ふわふわ頼りなかった。

「きょうは、ペアでやる。『足のない小鳥』を」

カズはいつも顔の半分をおおっているサングラスをはずした。素顔があらわになった。

カズはギターのチューニングをはじめた。

舞台からひっこんできた松宮に、「カズはクミとペアでやるそうだ」と私は告げた。

「大丈夫かな。客がしらけちまわないかな」

松宮は首をかしげた。司会役で出たりはいったりしている松宮は、新聞記者の話をきいていなかった。

「カズ、おまえ、おたおたするから客がのらねえんだよ。ロミオとジュリエットのごとく愛しあっているんだってところを、思いっきりみせてやれよ。客ばかりじゃない、世の中のやつらみんなにさ」

松宮はのんきにあおりたてた。

「負け犬は、いためつけられるばかりだぜ。はねかえしてやれよ」

「そうするつもりだよ」

チューニングを終えたカズは、複雑なスリーフィンガーピッキングを試みながら答えた。

「次は、カズ。きょうは、カズは久びさに、最愛のクミちゃんとペアでやるそうです」

舞台の袖で、ハンドマイクを片手に松宮が告げると、ピーッという口笛が二、三箇所できこえた。ざわめきがおこった。

「では、『足のない小鳥』から」

カズとくみ子はマイクの前に立った。

私は松宮といっしょに袖に立ってふたりをみつめた。ムギの声の質に合わせたハイ・キーの歌を、カズは、ややハスキーな声で歌いこなしていた。客が歌にひきこまれていくのがわかった。

Aマイナー6のコードをアルペジオでひき下ろして、『足のない小鳥』は終わった。いつもなら、ここで、カズの奔放《ほんぽう》なおしゃべりがはいるところだ。

カズはギターを床に置いた。いきなりTシャツをぬぎ捨てた。ついでジーンズのベルトに手がかかった。ファスナーをはずす。

「なんだよ、カズ、ストリップかよ」

「舞台で小便するの?」

「おまえの裸見たって、しようがねえよ。ストリップなら、クミ、やれよ」

カズはジーンズを足もとに落とした。ブリーフにかけた手が、ちょっとためらう。口笛が鳴った。カズは、ひきむしるように、ブリーフをぬぎ捨てた。ライトが、カズの裸身を青くふちどった。

くみ子は、交差した手をシャツの裾にかけたままだった。カズは進み寄ると、裾を上にひき上げ、すぽっとはがした。

ヒューッ。口笛は溜息《ためいき》に似ていた。

カズの手がジーンズにかかったとき、くみ子はわずかに腰をひいた。カズは無言で、ベルトをはずし、ファスナーをさげ、くみ子のジーンズをひき下げた。パンティにかけた手を、くみ子は腰をよじってよけた。大きく息をのみ、一気に、自分でパンティをひきおろした。その裸身をひきさらうように、カズが腕の中に抱きいれた。ぎりっと抱きしめた。長い髪がもつれあい、ふたりのからだは、ひとつの白い炎となった。

しずまりかえった客席が、わっとわきかえろうとする寸前、けたたましい叫びがあがった。くみ子だった。

「いやっ、恥ずかしい！」

くみ子は、全身の力をこめて、カズをつきとばした。シャツとジーンズを胸にかかえると、楽屋に走りこんだ。

「ライト！　ライト！」

消せとどなったつもりだった。照明係の学生は、うろたえたのか、つけろと命じられたととったのか、全ライトをこうこうとオンにした。

ライトの集中するなかに、カズは尻もちをついていた。羽をむしられたにわとりのように、鳥肌だっていた。

私は楽屋に走り、くみ子を抱き押さえた。

くみ子は、叫び声をあげながら、漁師の手からのがれて水にとびこもうとする魚のように、ぬめぬめとはねくりまわった。押さえるのに、三人がかりだった。その横を、風になって、カズがかけぬけた。外に通じるドアをあけて、とび出していった。くみ子はしずかになった。失神していた。

楽屋の長椅子に寝かせ、服を着せてから、くみ子の世話はほかの者にまかせ、私は外に出た。記念堂の裏は、雑草の生い茂るあき地であった。小雨にぬれたあたりの風景は、薄闇のなかに色彩を失っていた。ぬれた草が足にまといついた。カズの名を呼ぶ声は、小雨に吸われた。

草むらの一箇所が、こんもり黒くなっていた。走り寄る足が、ぬかるみに滑った。地面に手をついて、かろうじて全身が転倒するのをささえた。その手のひらに、冷たいぬめっとしたものが触れた。泥にまみれていたが、つまみあげると、雨に洗われ、白茶けた色をあらわした。なめくじのようだった。投げ捨てて立ち上がった。あたりの草は赤黒く染まっていた。

カズのからだは、すぐ二、三歩先に横たわっていた。手足がゆがみねじれ、泥の飛沫《ひまつ》が青白い蛇身《じゃしん》のような模様につくっていた。指に長い草がからみついていた。

仰向いた顔は、血だまりの中にあった。ぽかっとあいた口に、赤黒い液体がいっぱいにたまり、溢《あふ》れ出していた。

大きく見開いたままの目を、雨が洗った。

私は、すくうようにカズのからだを抱き上げた。頭ががくっとのけぞり、口から溢れた血が網目になって顔をおおった。

いそいでからだを地面にもどすと、血と雨水のたまった口の中に指を入れた。先端を嚙み切られた舌は固く収縮して、気管をぴったりふさいでいた。指でさぐって、縮んだ舌をひき出した。

背後に、丹羽と三田村が立っていた。三田村は私の意図を察した。蒼黒《あおぐろ》く変色した舌端をひき出して押さえる役を、私とかわった。私はカズの両ひじを握り、胸に押しつけては放した。そのたびに、口中にたまっている血が溢れ出した。

「むだだと思うな」

うしろで丹羽がつぶやいた。

「窒息したら、三分ともたないってよ。もう、かれこれ十分以上たってるんじゃない」

腕が痛くなるまで、私は人工呼吸の動作をくりかえした。人形をもてあそんでいるようだった。

「やめなよ、和久さん。見ちゃいられねえや」

私は手を放した。手を放してしまえば、それですべて終りだった。

三田村が、地面に両手をついて肩をふるわせていた。

ああ、あすになれば……と、私はうめいた。私は、カズの死を忘れるだろう。忘れるだろう。世間が彼を忘れるより、もっと早く。私は、カズの死を忘れてしまうのだろう。

あす。私はまた、埋もれた異色な歌手を探そうと、アマチュア歌手のたまり場をのぞき歩くのだろう。弱小企業のジンジャーが、大資本のあいだでゲリラチックに生きのびるために。

「そこらへんをよく探してみてくれよ。カズの舌の先が落ちているはずだから」

私は丹羽に声をかけた。

T・ウイリアムズ『地獄のオルフェ』のせりふは、
鳴海四郎訳『地獄のオルフェウス』による。

天使

からっぽの時間

昼の街は、人工の太陽に照らされているようにみえた。空にぼうっと白く丸いのが太陽で、それはまるで、くたびれて眠りかけているみたいだった。

「まったく、何もかもくだらねえな」というのが口癖の同級生がいて、ぼくは、そいつのようなことはいいたくなかった。

くだらねえな、といいながら、そいつは、けっこう何でもおもしろがってやっていたのだ。

そのくせ、他人のすることには、くだらねえな、とケチをつけるのだった。

ぼくは、くだらねえなとはいわない。

だが、ふいに、天然色映画がモノクロームに変わったみたいに、世界が色彩と輝きを失っていたのだ。

それで、ぼくは、きょう学校をさぼり、繁華街を歩きまわった。

車が走りまわり、男たちや女たちがひしめき歩いていた。だれもが、ガラス玉をはめこまれた目をふたつぽかっとあけ、鋳型《いがた》から押し出された人形みたいだ。

どうしてこんなに、みんな同じ顔をしているんだろう。

目がふたつ、真ん中に鼻がひとつ、口がひとつ、両側に耳がふたつ。大きかったり小さかったり、といっても、その違いはほんの数ミリのことで、ほとんど瓜ふたつといっていいくらいだ。

ぼくは、なんだかやりきれなくなってきた。

どこかで、ガチャン、ガチャン、と機械の音をひびかせて、そのたびに、鋳型から人間がころがり出てくる。

考えていることだって、たいした違いはなさそうだ。

ぼくもそうやって作られて……。

奇妙な感覚に溺れこみそうなので、気分を変えようと、映画館にはいった。

二本立てだった。途中から見たので話の筋がよくのみこめないままに、若い男が、おやじをぶち殺し、血まみれになり、いっしょになっておやじの始末をしようとしたおふくろは息子に欲情し、若い男はおふくろをぶち殺し、火をつけて自殺しようとして怖くなってとび出し……。

続くもう一本は、おきまりの白血病が出てくるやつで、不治の病と知りながら、けなげに生きようとして愛しあって……。ぼくはうんざりして半分ぐらいで外に出た。

白っぽい太陽はビルのかげにかくれ、それでもまだうすら明るくて、あいかわらず、人がざわざわ歩きまわっていた。

マクドナルドのハンバーガーとミルクセーキを買い、デパートの前の広場に置かれたベンチに腰を下ろし、かじった。

味覚がなくなってしまったみたいだ。

少しもうまくなかった。

パンと肉は口の中でこねまわされ、のどを通り落ちていった。それだけのことだった。

食べているぼくの前を、女子高校生が群がって通り、ショッピングの帰りらしい主婦がこどもをひきずって通り、若い男たちが通った。

もう、まるで、何もかもがわかりきってしまったような気が、ぼくはした。

実際、いろんな知識が、頭にも胸にも、つめこまれていた。

コンピューターみたいだ。

テレビは、さまざまな家庭の日常を、おもしろおかしく見せてくれる。芸能週刊誌は、スターに華やかな幻影の衣《ころも》を着せ、それからごていねいにそれらを剝《は》ぎとって、ついでに内臓までさらしてみせてくれるのだ。

アフリカも、オーストラリアも、アメリカも、東南アジアの戦争のかけらも、生半可《なまはんか》にわかっていた。

ダイジェスト版で小説のあらすじを知って、長い本物の小説を読む気がしなくなるように、あらゆるもののうわっつらが、うんざりするほどぼくの中にあり、それ以上知る気がなくなっていた。

冒険も反逆も、ぼくのかわりに劇画やテレビのヒーローがやってくれる。

そうして、実際に反逆すれば、どのような悲惨な制裁が与えられるか、やらないうちからわかってしまっている。

十幾つか年上の従兄《いとこ》の実例が、身近にあった。ぼくがまだ小学校の低学年だったころ、その従兄は闘争に参加して実刑を受けた。

従兄の友人は、同じ闘争で頭部に負傷し、いまも後遺症に悩まされている。ときどき、痙攣《けいれん》発作を起こすのだ。

ぼくは、そのふたりを好きだった。従兄もその友人も、幼いぼくをかわいがってくれた。

なんのために、あなたたちは、何もかもぶちこわそうとするの。伯母《おば》さんが、息子――つまりその従兄――に、涙声でいっていたのを、ぼくはおぼえている。

ぶちこわして、そのあと、何を作ろうというの。世の中をどうするつもりなの。

とにかく、破壊が第一歩だ。従兄はいったっけな。あとあとの青写真まで作るのは、ぼくらの役目じゃない。ぼくらは、まず、こわさなくてはならないんだ。そうしなければ、何もはじまりはしない。

従兄《にい》さんたちがこわして、そのあとに、ぼくらが作り上げるんだな。幼いぼくは、そんなふうに思った。

ハンバーガーを口にほおばり、ミルクセーキで流しこんだ。ミルクセーキは口の中でねばついた。

従兄とその友人のこと、ずいぶん長いあいだ思い出しもしなかった……。

女が寄ってきたのは、そのときだ。

背が高く、黒い服を着ていた。

ぼくよりずっと年上なのはたしかだけれど、幾つぐらいなのか見当がつかなかった。

コナかける気かな。ぼくは、警戒した。

年上の女にかまわれた話は、よくきかされた。それはそれで、やられ得《どく》みたいなものだけれど、ぼくは、好きな相手は自分のほうでえらぶ。ペットみたいに扱われるのは、まっぴらだ。

「退屈しているのね」

ちょっとハスキーな声。ほら、きた。たいてい、そんなことをいって、近づいてくるのだ。

そのプログラムも、ぼくのコンピューターにちゃんとはいっている。

肉体の悪魔。青い麦。個人教授。

年上の女には、ちゃんと夫や恋人、許婚者がいるのさ。最後に泣きをみるのは、こっち。

退屈……。

女の言葉が、ちょっと、ひっかかった。

退屈。そんな簡単な言葉でかたづけられる？

退屈。そうか、この、世界がモノクロームになっちまったことを、退屈と呼ぶのか。

いい匂いがした。この匂いは、ぼくのコンピューターにはない。くらっとした。

しかし、女がまじまじとぼくをみつめる目つきは、何かこっけいにも思えた。

熱っぽさがむき出しだ。もう少し、じょうずにやったほうがいいんじゃないんですか、コナかける気なら。

圧倒的に、上手《うわて》に出るべきじゃないのか、女のほうが。そんな、おどおど、こっちのきげんをうかがうような懇願《こんがん》するような笑顔はやめたほうがいいと思うよ。

『退屈しているのね』というせりふは、きまってたよ。そのあと、さあ、どう誘うつもり？

「泥棒、手伝わない？」

女はいった。

「何を盗むのですか」

ぼくは、くそ丁寧にきいた。

「夜、出て来られる？」

「来られますよ」

それじゃ、十一時に、ここ。女はいった。

真夜中の屋上

家に帰らないで、時間をつぶした。いったん帰れば出にくくなるからだ。ゲーム・センターでモグラを叩き、喫茶店にはいった。

何かが起こりかけているな、と思った。

ぼくは『外』に興味を失っているつもりだったのに『外』のほうからぼくに手をのばしてきた。

それがなんだか気に入らない。

あやつられているみたいだ。

もっとも、世のなか、何も起こらなくてあたりまえだけれど、また、どんなことだって起こってあたりまえ、という気もする。

からかわれたのかもしれないな、とも思った。

だからって、どうってことないよな。

ぼくは、ひどくおっくうになってきた。

おびえていると思いたくはなかった。

ずるずると、時間をひきずっていた。

怖い、と思うかわりに、めんどうくさい、とつぶやき、つぶやくことで、本当におれは怖がっているわけじゃない、めんどうなだけなんだ、と自分に認めさせようとした。

何もかも興味を失った状態は、殻のなかに手足をちぢこませたヤドカリに似ていた。

いろんな情報をつめこまれた、コンピューター・ヤドカリだ。

じっとしていれば、楽なのだ。半分死んで、生きているのだ。

傷つく前から、傷つく痛みを感じてしまっていて、だから、逃げるのだ。

いやなんだ。

いくじがないと、尻けっとばすやつ。

そのくせ、生き生きと手足をのばせば、あわてふためいて、その手を折り足をねじ曲げ、押しこめてしまうやつら。

ぼくは、ベンチに腰を下ろした。人通りは少なくなっていた。そうして、やがて、人通りは絶えた。

来ないな。

商店はシャッターを下ろし、盲《めくら》になった。

街は相《すがた》を変えた。ビルが黒くふくらみはじめた。輪郭が溶け、流れはじめた。

ぼくは、夜の海のなかにいる。鉱物質の、どろりとねばっこい水の中で、ぼくも、溶けはじめる。

静かさのなかで、ぼくは溶けくずれてゆきながら、とほうもない寂しさをおぼえる。

意識を集中すると、ぽかっと黒い空洞がみえてくる。これは、ぼくの内側なのだ。

肉体の内部、黒々とした洞窟。柔らかいひだが横縞《よこじま》をつくる内壁。

そのなかには、ぼくの過去の時間が蓄積されているはずなのに。

からっぽ。

十六年。生きすぎるくらい長く生きてきた。

何もない十六年。くたびれ果てるのに十分な長さ。洞窟のなかには、かつては、何かがあった。みずみずしい生命。生まれたての赤ん坊のとき、そいつは、はちきれんばかりにあった。

十六年かけて、腐り、腐汁《ふじゅう》となってしたたり、涸《か》れてなくなってしまった。

ぼくは、茫然と、目を内側にむけ、いつのまにか眠った。

十六才。それは人生の終りだ。激しい怒りも、爆発する行動力も、腐汁になってしまったのでは。

ぼくは、眠りのなかで、ぼくにかかわりのある人の顔を思い出そうとしている。

父、とか、母、とか、その言葉が意味を失ってしまっていた。

豚、とか、馬、とか、あるいは鳥、犬、そういう言葉は、くっきりしたイメージを結びつけることができる。悲しみ、苦しみ、喜び。それらも、手ごたえのしっかりした言葉だ。それなのに、父。それは、何？

「待ちくたびれた顔ね」

女が立っていた。

ふたりは歩き出した。デパートの建物の裏手に、女はぼくを導いた。

表通りはまだ車も通るけれど、裏の路地はしんとしている。

デパートの外壁に沿った非常階段を、女はのぼりはじめる。

ためらってから、ぼくはあとにつづく。

非常階段は鉄製で、螺旋《らせん》状をしている。

ぼくは大またに二段ずつ上り、すぐ女に追いつく。

ゆるやかに渦を描きながら、ふたりは上る。女は黒いロング・コートを着ていて、その裾がひろがっては螺旋状によじれ、腰をしめつけるようにみえる。

女は途中で靴をぬぎ、片手に持つ。ヒールの音がひびくからかと思ったが、靴をぬいだとたんに女の歩きかたは軽やかになった。身のこなし全体が、何か風の精とでもいったふうにみえてくる。

仰ぎ見ると螺旋階段は空へ空へと無限によじれのぼり、果てがないようだ。何を盗むつもりなのだろう。非常階段は、各階ごとに踊り場があるけれど、内部に通じる鉄扉は鍵がかかっているはずだ。

屋上までたどりついたとき、女は少し息をはずませ、額に薄く汗をにじませていた。汗のにおいは、女を軽やかな風の精からふつうの女にもどした。

屋上は、こどもの遊び場になっている。

ジャングル・ジム、滑り台、遊動円木、そういった遊具が、こどもたちの生命を照りかえすことがないので、それ自体のかかえ持つ力がにじみあらわれたように、重々しくうずくまっている。

凶暴な力を持った獣たちが、何かを待機しているようだ。

砂場の砂が、ひとりでに盛り上がり動き出しそうな気がした。

一段低くなったところは、植込みの多い庭園風に作られ、池があり石の橋がかかっている。

池には白鳥と黒鳥が水ぎわの灌木《かんぼく》に身を寄せるようにして静止している。女は歩み寄り、コートのポケットからパンのようなものを出して与える。こどもたちから餌を与えられるのに馴れている鳥は、怖がるようすもなく女の手に首をのばす。女は水ぎわにかがみこみ、女の背と二羽の鳥がひとかたまりになった。やがて女は立ち上がったが、鳥たちは動かない。女は黒鳥をかかえあげ、ぼくに、もう一羽を抱くように目で命じた。

殺したの？　息をつめてささやくと、女は無言でうなずいた。

ぼくは白鳥を抱きかかえ、持ち上げる。ずっしりと重い。思わずよろめく。足を踏みしめながら、螺旋階段を下へ下へと下りる。

女は車を用意してきていた。

後ろのトランクに、黒鳥と白鳥をしまった。

ぼくは助手席にすわり、女はエンジンをかけた。

鳥のいる部屋

高層マンションの最上階に女は住んでいた。

鳥を抱きかかえて歩くふたりの足音が、廊下の壁にひびいた。

女は細い鍵を鍵穴にさしこみ、まわして、鉄の扉を開けた。

中に招き入れられて、ぼくは目を見はった。

その部屋には、おびただしい鳥がいたのだ。置き物のような木の枝にとまったのもいた。壁にも、ずらりとぶらさがっていた。

そうして、窓ぎわの仕事机の上には、腹を切り裂かれた小鳥たちが投げ出してあった。

あざやかな色彩が溢れていた。

黄金。緑金。朱色。黄。淡青。濃藍。紅。緋。

セキセイインコ、カナリヤ、雉《きじ》、山鳩、鸚鵡《おうむ》。

作業台の上には、さまざまな道具が並んでいた。

メスや鋏《はさみ》やピンセット、やすり、錐《きり》が冷たく光り、何種類もの針金がとぐろを巻き、紙箱から綿が盛り上がり、浅い木箱にころがった大小とりどりのガラスの義眼は、天井をむいたり横をむいたり、はにかんだように下をむいたりしていた。血塊《けっかい》を吸いこんだ綿は、黒みを帯びてかたくなっていた。

消毒薬のにおいに、鳥の死骸の不愉快なにおいが混ざっていた。

抱きかかえてはこんできた黒鳥と白鳥を床に横たえた。

「剥製《はくせい》を作る人なんですか、あなたは」

「そうよ」

女はうなずいた。それから、戸棚からブランデーのびんとグラスを出してきて、「飲む？」ときいた。

ぼくはまだアルコールは飲んだことはなかったけれど、うなずいた。

「この白鳥と黒鳥も、剥製にするの？」

ひと口飲んで、むせかえってから、ぼくはきいた。

「いいえ。もっといいことに使うのよ」

女は床にすわりこんだ。ぼくもまねをして、床にあぐらをかいた。

「羽をむしって」

女はいい、手本を示すように、引きぬいた。

羽根布団でも作るつもりなのだろうかと思いながら、ぼくもやってみた。羽は思いのほかしっかりと生えていて、ぬきとるのには力がいった。胸の柔らかい羽毛はわりあい楽にぬけるので、ぼくはそこからはじめた。

「時間がかかるから、あきないように、お話をしてあげるわね」

女はいった。

「あたしが小さいころ、叔母《おば》さんがあたしにしてくれたお話よ」


その叔母さんは、あたしたちのうちの、庭の離れにひとりで住んでいた。叔母さんの部屋は、まるで森のなかみたいだった。数えきれないほどの鳥が、いた。その鳥たちは、飛びもしなければ、うたいもしないのだった。

そう、叔母さんは剝製師だった。

天使が泣いていたのよ、と叔母さんは話してきかせた。

きいているのは、あたしとにいさんのふたりだった。

大きい天使？　小さい天使？　と、おそるおそるあたしはきいた。

『しっ、黙っておききよ』

にいさんが叱った。

『だって、大きい天使は怖いんですもの』あたしはいった。

あたしの持っている絵本に、怖い顔をした大きい天使の絵があったのだ。その天使は、踊りの好きな女の子の足を、足首のところから切ってしまうのだ。

いま思えば、それはアンデルセンの『赤い靴』にちがいないのだが、そのときは、題に心をとめる余裕もなかった。

　赤い靴を履いたふたつの足首が、つま先立って踊りながら去って行く絵も怖かったし、足のなくなってしまった女の子が松葉杖によりかかっている最後の絵は、見るのがつらく、悲しかった。

　大きい怖い天使の絵は、最後から三枚めのところにあった。

　肩から生えた翼は地にとどくほど長く鋭く、右手に剣を持っていた。男か女かわからない、この上なく美しい顔をしていた。美しくて怖かった。

　だから、あたしは、怖いところのないものは美しいと思わないし、美しさを持たないものは怖いと思わないようになったほどだ。

　小さいかわいらしい天使のお話よ、と、叔母さんはいって、にいさんの髪にさわった。

　小さい天使は、翼を持っていなかった、と叔母さんは話をつづけた。

『それじゃ、天使じゃないわ』あたしはいった。

『黙っておききよ』にいさんはまた叱った。

　だから、天使は悲しくて泣いていた、と叔母さんはいった。

『どうして翼がないの？』あたしはきいた。

　生えてこないの。

『どうやると生えるの？』今度はにいさんがきいた。

『天使は泣きながら、どうやると生えるのだろうと考えました』にいさんの手を両手のあいだにはさんで、叔母さんはいった。

『西風が教えてくれました。野原にお行き。そうして、肩に蜜を塗って、お日さまの光を浴びればいい。

天使は、肩に蜜を塗って、お日さまの光を浴びていました。肩がちくちく痛みました。天使はがまんして、じっと動かないでいました。

お日さまはやがて西に沈みました』

『それで、翼は生えてきたの？』あたしはきいた。

『小さい天使は、指先をそっと肩にふれてみました』叔母さんはいった。

『指の先がべとべとし、何かつぶつぶしたものにさわりました。

翼の芽だ、と、天使は喜びました。でも、指をはなすと、つぶつぶしたものは、指について、肩からとれてしまいました』

『ああ』と、あたしは哀しい溜息をついた。

にいさんは、黙って唇をきゅっと結んで、叔母さんの顔をみつめていた。

『天使は、指先を目の前に持ってきて、見ました。蜜にまみれた蟻が、指にねばりついていました。それだけでした。蟻に噛まれたあとが、ちくちく痛みつづけていました』

『翼は？　翼は？』にいさんもきいた。あたしはきいた。

『翼は？』あたしはきいた。あたしより、ずっと沈んだ声だった。

叔母さんは首をふった。

『それじゃ、西風は嘘をついたんだわ』あたしは涙をこぼしそうになっていった。

『次の日も、天使は、野原にしょんぼり腰を下ろしていました』叔母さんはつづけた。

『そんなことをしたって、だめだ。あざわらう声を、小さい天使はききました。ものが生えるためには、種子が必要なのだ。その声はいいました。

だれだろう、と天使はあたりをみまわしました。

種子を植えもしないで、生えるのを待つなんて、と、また声がしました。

それじゃ、種子を植えればいいの？　小さい天使はききかえしました。

そうだ。声はいいました。植えてやろうか。

ええ、どうぞ。天使はいいました。

肩に鋭い痛みをおぼえました』

ここと、ここ、といって叔母さんは、にいさんの首の後ろ、骨の両側を指で突いた。

『肩に小さい切り傷が作られました。ふたつ。そうして、何かが埋めこまれました』

『翼の種子なのね。翼の種子を埋めこまれたのね』あたしは手を叩いていった。

『静かにおききよ』にいさんがいった。

『翼は生えてきたのね』あたしはいった。『種子を植えたんですもの。痛いのをがまんして』

　叔母さんは、首をふった。

『傷口が赤く腫れあがり、膿《う》んだだけでした。熱がでました。ひどい熱が。そうして、天使は死んでしまいました』

『どういうわけなの』あたしはびっくりした。それから、このお話にも何か教訓があるのにちがいないと思って、考えてみた。それでも、わからないので、たずねた。

『そのお話は、どういう意味なの』

『意味なんかないさ』にいさんがいった。『お話に意味なんか探してはいけないんだ』

『そうよ』叔母さんがいった。『あんたはよくわかっているのね。お話はお話。それだけのこと。おもしろかった？』

　にいさんは、ええ、と目を大きくしてうなずき、あたしはちっともおもしろくなかったので、少しだけうなずいた。怖くていやなお話だと思った。死んでしまった天使がかわいそうで泣きたくなったけれど、ふたりに笑われるといやだから、がまんした。

紅傷の中で

床は、黒と白の羽で埋まりかけていた。ぼくは手が痛くなった。

「これを使うといいわ」

女は、メスを渡してくれた。自分もメスを持って、羽の付け根を切った。

ブランデーが効いて、からだがほてっていた。

指にふれる鳥のからだは冷たかった。

剝製にされてしまった鳥は玩具《がんぐ》みたいで少しも怖くはないのに、死骸は恐ろしい。死骸のほうが、剝製よりはるかに美しく威厳がある。ぼくはそう感じた。

美しいものは怖さを持っていると女がいったのは本当だなと、羽がまだらになった二羽の鳥を見ながら思い、またブランデーを飲んだ。

「まだまだ時間はあるから、もっとお話をしてあげる」

女はいった。

「『アラビアンナイト』に、腰から下が石になった王子の話があるわ。あたしのにいさんが、その王子だった」

ぼくは、なんのことかわからなかった。

「つまり、にいさんは、足を骨折してギプスをはめられることになったの。にいさんが十六の冬、スキーに行ったとき」

部屋のなかは色彩が鮮やかだ。

葡萄色のカーテン。白い壁。

そうして、鳥たちの、黄金。朱金。黄。淡青。藍。紅。緋。

床は黒と白。羽毛はふうわりとうず高く。


スキーには、にいさんとあたし、そうして叔母さん、三人で行った。

あたしはじょうずに滑れないので、ゲレンデの下のほうで遊んでいた。にいさんと叔母さんは、リフトで上っては、あたしのほうに滑降《かっこう》してきた。

ふたりともすばらしかった。鳥が舞うようにかろやかに滑った。やがて、リフトを乗りついで頂上のほうまで上って行き、なかなか帰って来なかった。やがて、ふたりはリフトで下りて来た。叔母さんのほうが先に降り、つづいて降りて来たにいさんを背負ったまま、滑って来た。男の人たちが寄って来て、手を貸した。

ジャンプに失敗したのだと、にいさんはいっていた。

でも、あたしはいつか、にいさんの足を石にしたのは叔母さんではないかと思うようになっていた。

あたしが叔母さんだったら、そうしたにちがいないからだ。

あたしは、昔叔母さんにきいた小さい天使の話を思い出す。そうして、あの天使は、種子を埋めこまれるかわりに、何かをえぐり出されてしまったのだ、永久にとべないように、と思う。


にいさんは、車のついた椅子で、叔母さんのいる離れに行く。ギプスがとれて一年あまりたつ。あたしは、こっそりあとをついて行く。

叔母さんが扉を開ける。にいさんを中にひきいれる。

窓には厚いカーテンがかかっている。でも、ちょうどあたしの目がのぞけるくらい、二枚のカーテンのあいだがすいている。叔母さんの部屋は、死んだ鳥でいっぱい。

叔母さんは鳥の羽をむしっている。

あたしは、剝製の作り方を知っている。叔母さんが作っているのを見おぼえた。

剝製を作るとき、羽をむしったりはしない。羽は傷《いた》めないよう、そっととりあつかわなくてはいけないのだ。

にいさんも、いっしょに鳥の羽をむしっている。

剝製を作るには、まず、鳥を仰向けにして、胸の中央の羽毛をかきわけて、竜骨突起《りゅうこつとつき》からおなかの中央までメスで切り開く。そうして、メスの先で筋肉と皮をつなぐ結組織を切って、皮を剝《は》いでゆく。

けっして、羽をむしったりしてはいけないのだ。


黒と白の羽毛の山。目の前のものの輪郭が黄金色の虹でふちどられる。鳥の羽をむしる女の指が、ぼくのほうにのびる。胸に触れる。シャツのボタンがはずされてゆく。鳥の羽をむしるように、ぼくのシャツがむしられる。

女は、自分もブラウスを脱ぐ。薄いふうわりした布地のブラウスは、軽く宙に舞って落ちる。

女は、語りつづける。


叔母さんの部屋をのぞき見ながら、あたしは、昔、叔母さんがきかせてくれた天使の話をまた思い出している。

なぜかというと、叔母さんは、鳥の羽毛をむしる手をときどき休め、にいさんの服を脱がせたからだ。そうして、あたしは、にいさんの裸のからだを見る。その裸のからだには、無数の傷がある。

陽のあたることの少ないにいさんのからだは、まっ白で、その白い肌に、不思議な地図のように、鋭い細い傷の痕《あと》が、入り乱れて走っている。

傷は、新しいのも古いのもある。そうして、いちばん古くていちばんひどい傷痕は、首の後ろ、背骨の両わきにあたるところに、ふた筋きざみこまれている。ほとんど、えぐれてふちが盛り上がり、ひきつれている。

それから、叔母さんは、にいさんのズボンを脱がせ、下着をすっかり脱がせた。

にいさんの脚は、すっかり細くなっていた。

とべない鳥のように、とべない天使のように、にいさんから歩行の能力を奪ったのがあたしだったら……と、あたしは思った。どんなによかっただろう。

たとえば、急斜面を滑降してくるにいさんの前に、小さなあたしがふいに転ぶ。にいさんは、よけようとして、無理にからだをよじり、転倒する。

そんなふうなことだったら、にいさんとあたしは、もう、どう断ち切ることもできない絆で結ばれてしまう。他の人が割りこむ余地はない。にいさんの生はそのままあたしの生と混ぜ合わされる。

あたしのいるべき場所を、叔母さんが占《し》めていた。

にいさんは、何度も、こうやって叔母さんと会っていた。あたしは幾度かのぞき見した。

叔母さんも、もう、服も肌着もつけていない。その肌にも、薄い切り傷の痕が無数についている。

叔母さんの手が、メスにのびる。


女の手が、メスにのびる。鳥の腹を切り裂くためのメスは、女の手のなかできらめく。

「叔母さんは、にいさんの肩の皮膚を浅く傷つける」

そういいながら、女のメスは、ぼくの背の皮膚を浅く切る。ほとんど痛みは感じない。

「叔母さんは、幾つも幾つも、切り傷をつけて行く」

ぼくのからだは、幾つも幾つも、浅い切り傷がふえる。

「叔母さんは、自分の皮膚にも傷をつける」

女は、自分の皮膚をメスで浅く裂く。

「ふたりのからだは、血の網目でおおわれていったわ」

呪文のように、女は話しつづける。


そうして、叔母さんは、にいさんを抱いて、鳥の羽が厚く散り敷く床の上に横たわる。紅く濡れたふたりのからだは、羽毛に包まれる。

叔母さんはにいさんにくちづけ、その背や肩をおおう羽毛は紅く染まる。叔母さんの手はにいさんの髪を撫で、頬を撫でる。

この妖《あや》しい遊びも、きょうで終わるだろう。なぜって、叔母さんは、もうじき、うちを出て行かなくてはならないからだ。とうさんとかあさんにいいわたされた。とうさんもかあさんも、ふたりがどんな遊び方をしているのかは知らないけれど、何か危険なものを感じとったのだ。

叔母さんが出て行ったら、そのあとは、あたしがいっしょに遊んであげよう。叔母さんのやり方を、よくおぼえておこう。あたしはそう思って、一心にのぞき見する。

女は、紅く濡れた腕をぼくの背にまわす。ふたりの皮膚を彩る血の網目はまじりあう。

ぼくは気づく。現在にも未来にも、何も持たなくなってしまったぼくが、女の過去の思い出の中にひきいれられ、とじこめられてしまいつつあるということを。

ぼくはいま、女の思い出を生きている。

女が少女のころに見た情景のなかに生きている。そうして、もうじき、死のうとしている。

なぜなら、女は、つづけて語るのだ。

「にいさんと叔母さんは、鳥になった。羽毛に包まれ、そこまでは、いつもと同じだった。でも、そのあと、ふたりは横たわったまま、いつまでも動かない。永遠に動かない。ふたりが鳥になる前に何を飲んだのか、あたしは知らない」

女はぼくを抱きしめ、羽毛が厚く散り敷く床の上に、ゆっくりとからだを横たえる。

さっき女がすすめてくれたブランデーの中に、何が溶かしこんであったか、ぼくは知らない。

「××ちゃん」女がささやく。それは、ぼくの名ではなかったけれど、ぼくの唇が、女の名を口にして答えている。ぼくのまるで知らない名——。

ペガサスの挽歌

1

私の腕の中にあるのは、私が気ままにもてあそんで、こわしてしまったおもちゃだった。上唇のはしが少し内側にまくれこみ、蒼ずんだ歯ぐきがのぞいていた。強い力で顔面を一ひねりしたように表情がゆがみ、死の苦痛を膠着《こうちゃく》させていた。

谷あいから吹き上げてくる風が、私と彼の——彼の形骸の——むき出しの肌を削った。切り立った斜面に突き出した山小屋のヴェランダは、まるで、私たち二人、不安定な空間に置き去りにされたような錯覚をおぼえさせる。目の高さ、北アルプスの連山が、青く揺れる。透明度の高い色彩が、私たちを取りまいている。

私は、ヴェランダに、じかに坐りこんでいた。めまいが、私を捉《とら》えた。床がかしぎ、谷底になだれ落ちて行きそうな気がした。

すがりつくように、私は、彼のファロスを握りしめていた。躰《からだ》のほかの部分は、まだ十分にぬくもりをたもっているのに、そこだけは、死の冷ややかさを私の指に伝え、十六歳の少年の、あの猛々《たけだけ》しい力をよみがえらせることはなかった。

前かがみになって、私は、乳首を彼のくちびるに触れさせた。固く食いしばった歯が、私の乳房を拒んだ。

「吸って……」

はじめて、嗚咽《おえつ》が洩れた。

遠いエンジンのひびきを、耳鳴りのように、私は聴いた。

ひびきは、急速に大きくなった。私の脳髄に、麻痺性の震動を与え、警笛《けいてき》を終止符に、止まった。

「亜里子！」

車から下りた夫の声が、私の名を呼んだ。私は、立たなかった。立つことができなかった。

山小屋の扉がきしむ音。夫の足音。それにつづいて、もう一人の足音。

——私たちの、自由な遊びは、終わってしまった。無頼の部屋は、自己崩壊をとげた……。

「どうしたというのだ！」

夫の驚愕《きょうがく》の叫びが、耳をうった。

「きさまら、何というざまだ！」

夫の罵声《ばせい》が、私と、彼の息子の、何一つ肌をおおうものをつけない姿にむけられたのだということに、私は、気づかなかった。裸体は、私と彼の一番自然な状態だったから。

夫は、私の腕から、彼の骸《むくろ》を、むしり盗るようにうばった。名を呼んだ。むなしいことだった。長く垂れた彼の髪が風になぶられ舞いひろがるのを、私は、ものうく、眺めていた。

「どうしたのだ。急病か。それとも、事故か。ショック死するような事が、あったのか」

夫は、彼の躰を床に横たえると、私の肩を摑んでゆさぶり、頰を打った。私は、一瞬、我に返った。

私にも返事のしようがないのだ。

つい、さっきまで、彼は、健《すこ》やかに、私とたわむれていた。その、少し、けものじみた匂いのする躰は私を悦ばせ、彼もまた、私によって満ち足りていたのだ。

彼は、ヴェランダに出た。どさっと物音がした。私が見たのは、呻《うめ》き声をあげ、ヴェランダに倒れて、手足を痙攣させている彼の姿だった。傍にかけつける、ほんの数秒の間に、彼は、息絶えた。

あまりにも急激な死だった。心臓麻痺としか思えないような。

しかし、私にはわかる。悪意のある手が、彼を死に導いたのだ。これが、悠司《ゆうじ》の血を賭けたゲームの終焉《しゅうえん》だった。

医者である夫は、悲嘆と狼狽《ろうばい》のうちにありながら、手早く、躰を調べていた。

「外見所見は、青酸性毒物の中毒死の疑いがある」

夫の声は、昂《たか》ぶりを押さえていた。

「それも、死亡推定時刻は、ほんの少し前だ。どんなに多くみつもっても、三十分とはたっていない。きさまが……」

「いいえ……いいえ……」

目の前が昏《くら》くなった。

「自殺などとは言わせせん。この小屋には、きさまと悠司しかいなかったのだ。しかし、どうして……」

「ちがいます。私じゃない……」

「では、どうして、悠司は、死んだのだ」

「わかりま……せん……」

失神する直前、夫の背後に立ったもう一人の姿を、私の網膜は捉えていた。

2

この再婚の話を伯父《おじ》がもたらしたとき、私は、相手の男の身勝手な条件に、あきれてしまった。村上利之。四十七歳。(私と二十もちがう)国立大学医学部助教授。三年前、妻に病死され、不便なので、後添《のちぞ》いを探している。

彼が再婚の相手として希望する女性の条件は、

一、未亡人であること。

オールド・ミスのOLなどでは、家事になじんでいないし、家庭にこもるのを嫌う傾向があるから、よろしくない。

また、年のいかない性未経験者では、夫婦生活の機微を教えこむのが面倒である。自分が求めているのは、有能なハウスキーパーとしての妻である。

できれば、最初の結婚生活がうまくいかず、失意を味わった女性がのぞましい。自分は、彼女に、最初の結婚で得られなかった幸福を与えてやる能力を持っている。

二、もちろん、子持ちは不可。

三、自分の妻にふさわしい、教養と、品のいい容貌の持主であること。

自分は、旧帝国大学の出身であり、音楽、文学の分野に、深い素養を持っている。夜のひとときﾞ、共に古典音楽に耳をかたむけ、文学について語り合うなどの時間を持ちたい。

「もう一つ、これは、冗談のように言い添えたのだが、案外、男の本音かもしれない」と、伯父は苦笑してつけ加えた。
四、村上利之の妻になれたということに感謝し、十分に尽くしてくれる女性。
へえ……と、私は、溜息をついた。

「エゴとナルシズムの塊《かたま》りみたいな男じゃないの」

「まったくだ」

伯父は、村上利之と、東南アジア観光の、団体旅行に参加した際、知り合ったのであった。

ツーリスト・ビューロー主催の観光旅行で、個人で気軽に参加できる。東京の杉並で開業医をしている伯父は、先年妻をなくし、子供たちもそれぞれ独立して、身軽なところから、年に一度、休診して海外旅行に出る。団体の方が経済的だし、面倒がないからと、いつも、この観光会社の募集するツアーを利用している。

飛行機など、乗物の座席は、添乗員が適当に割りふって指定する。カップルやグループで参加している者はいいが、単身参加者は、乗物の座席も、ホテルの部屋も、他の単身参加者と組み合わされることになる。このペアは、旅行中、ほとんど変動がない。

伯父は、村上利之と組まされた。

ホテルは、空室があるときは、別料金を払えばシングルをとることもできるが、混んでいるときは、どうしても、相部屋でがまんしなくてはならない。伯父と村上は、六泊七日の旅行中、三度、寝室を共にした。

村上利之は、なかなかの紳士であった。年上の伯父に、ゆきとどいた心づかいをみせた。だんだん打ちとけて、家庭の事情など話しあうようになり、伯父が同業者であること、たまたま、彼の出身校と同じ国立大学の医学部出身であることなどがわかると、いっそう親しみをみせた。

しかし、村上は、同行の団体客のなかでも、知的な面で彼より下の階級に属するとみなされる者に対しては、きわめて冷淡であった。マージャン屋を経営しているという中年の男が、機内で外人のスチュワデスに卑屈な態度をみせたり、土地成金らしい男がくだらない土産物《みやげ》を山と買いこんだり、土地の貧しい住民にいばり返ったり、そういう場面を見るたびに、

「かないませんな、ああいう手合には。日本人の恥です」

表情で、伯父に同意を求めた。

再婚の相手を求めているという話をしたのは、バンコックから香港経由で帰国する機上に於《お》いてであった。

村上が、当然のことのように並べ上げる条件をきき、

「そんな女性がいたら、私が後添えに欲しいですな」

伯父は笑った。

「吉沢さんも、奥さんをなくされたのでしたな。これは失礼しました。しかし、適当な方がありましたら、ぜひ、私の方にまわしていただきたい」

村上は、真剣な顔で言った。名刺は前にも渡されたのだが、もう一枚、裏に経歴学歴などをその場で書きこんだのをよこした。

家族のところに、長男哲郎十八歳、次男悠司十六歳、と書いてあった。

「お子さんがおられるのですね」

「二人とも、実にいい子です。もう、手のかかる年ではありませんし、問題はないと思います」

村上は、言ったということだ。

名刺の裏に細いペン先で書きこまれた、虱《しらみ》の行列のような字を眺めながら、

「会ってみようかしら、この、エゴとナルシズムの塊りおやじに」

私は言った。

村上利之のだした条件に私がぴったり合うのは、未亡人であることと、子供がないことの二

点だけだった。

学生のとき、同じ劇研に所属する仲間と愛しあい、結婚した。籍は入れたけれど、同居はしなかった。非日常、反生活、が、当時の私たちの合言葉であり、同棲は、結婚よりむしろ日常的すぎるというのが、彼の説だった。私は、どっちでもよかった。全身の血が、二人の躰が交錯《こうさく》した一点で白熱し、燃えつき、また、求めあう、その一刻だけが、どんな言葉や理論より、確実な生の手応えだった。

彼は、自動車事故で急死した。幻滅に蝕《むしば》まれるだけの期間を持たず、断ち切られたのだから、彼と過した短い日々は、すばらしく美化されて、私の中に残った。

私は劇研を去った。議論が空まわりし、時にけだるい倦怠《けんたい》におおわれる創造の場に身を置くことが辛《つら》くなったのだ。

単位不足で卒業できないまま、高卒の資格で、英文タイピストの仕事についた。村上のきらいなOLである。はりのない毎日だった。求婚されたこともあり、その場かぎりのセックスをかわしたこともあった。つまらなかった。

単調な仕事の繰り返しの中に、躰に刻まれた夫の肉の痕を時が埋めつくす頃、私の二十代が終わろうとしていた。

「べつに、むりに、亜里ちゃんにすすめるつもりはない」伯父は言った。「大きな息子が二人もいるのでは、とても大変だ。村上という男も、悪い人間ではなさそうだが、どうも、エリート意識が鼻についてね。社会的な地位が安定しているという点では、この上なしだが……」

私の実家は、鳥取にある。大学入学のため上京して以来、私は、ずっと東京に住みついた。母の兄である伯父は、東京におけるただ一人の私の肉親である。

「一生に一度ぐらいは、お見合いっての、してみてもいいわ」

私は言った。退屈していた。環境の変化が欲しくなっていた。エゴとナルシズムなら、私もひけをとらない自信があった。

3

見合いは、ホテルでバイキングを食べながら、行なわれた。同席しようかと伯父が言うのを、私は、ことわった。短大出たてのお嬢さんとは違うのだ。

むこうの気に入られるつもりはなかったから、いかにもお見合いでございますといった服装はしなかった。相手の好みを逆撫でするような、ずべらっとしたマキシのスカートに、とんぼのサングラスででかけた。

ロビーには、村上が、哲郎を連れて、先に来ていた。フォーマルなダーク・スーツ。中肉中背。伯父の言葉で抱いていた先入感よりは、はるかに、いやみのない顔立ちだった。

これなら宿主《しゅくしゅ》に選んでも、悪くはないなと、私は思った。

宿主というのは、辞書をひけば、〝寄生生物に寄生される生物〟と解説してある。栄養ゆたかな宿主は、なかなか貴重な存在だ。寄生生物は、何も、二号だけとはかぎらない。

哲郎に関しては、初対面でどんな印象を受けたか、ほとんどおぼえていない。高校の制服を着ていたように思う。哲郎は、その春高校を卒業し、予備校通いの浪人生活をはじめたところだった。

悠司は、私たちが食卓につき、食事をはじめたころ、一足おくれて、あらわれた。

その恰好《かっこう》をみて、思わず、私の口もとがゆるんだ。

ライオンのたてがみのような、華やかな長髪は、ミッシェル・ポルナレフも顔負け。（ただし、あとでわかったけれど、これは、かつらだった）小花を散らしたシャツに、ピンクのサロペット。突拍子もなく大きいメタルフレームのサングラス。サロペットの広い裾から、ハイヒールの太い踵《かかと》がのぞいている。流行のフォーク歌手のスタイルを、そっくりそのまま、コピーしていた。

息子にこういうおしゃれを許すのなら、けっこういかれた親爺《おやじ》さん……と村上の顔を見たら、村上は、内心の不愉快さを、むりに押しかくしたような、さりげない表情だった。

悠司は、小気味よく食べた。私は、村上よりも、もっぱら悠司と話しあった。言葉はたいしてかわしたわけではない。ちょっと視線を交えるだけで、私と悠司は、何となく、わかりあったのだ。

村上は、悠司が私になついたというように解釈したらしい。それも、縁談をすすめる気になった理由の一つかもしれない。私に直接ではなく、伯父に、結婚の意志表示をしてきた。年が違いすぎるし、子持ちではと、伯父は自分で仲介したくせに、あまり乗り気ではなかった。私は承知した。環境の変化に、新鮮な好奇心が持てた。

村上の住むマンションは、東京の西のはずれにあった。都心を離れているけれど、交通の便は、そう悪くない。

3LDK。つまり、夫婦の寝室と、二人の息子のそれぞれの部屋、居間、ダイニング・キチン。私たちの寝室に使われる部屋だけが和室で、村上の書斎を兼ねていた。

妻を失なってから、家事は、通いの家政婦にゆだねられていた。家政婦の日給は、ばかばかしく高いし、この頃では需要が供給を上廻っているので、家政婦の立場は強い。勝手な要求を出すし、すぐ欠勤するし、会から派遣されてくる顔ぶれは、目まぐるしく変わる。そのたびに、こまごました注意をくりかえさなくてはならず、村上は音をあげて、家政婦よりは使いやすいハウスワイフを求めることにしたらしい。

夜のひとときを、古典音楽に耳をかたむけ、文学について語り合いたい、という希望だったが、結婚してまもなくから、村上の帰宅は、毎晩おそかった。たまに早く帰っても、一家揃って古典音楽をたのしむというような家庭的雰囲気は、最初からなかったようだ。悠司は、ハード・ロックのファンで、ブラームスやモーツァルトはまるでわからないと、自分でも認めている。哲郎は、音楽には関心がないらしい。哲郎の趣味が昆虫採集だということは、かなり後になってからわかった。はじめのうち、私は彼に興味がなかったから、何が好きなの？　と、あらためて問いもしなかったのだ。

村上の持っている古典音楽のレコードは、バッハとベートーベンが一枚ずつ、モーツァルトが二枚、それだけだった。居間にくつろいで、古典音楽に耳をかたむけるというのは、彼が若いころ憧れたイメージじゃないかと思った。音楽談義の相手をさせられるものと覚悟していたので、私は正直、ほっとした。

ハウスキーパーとしては、私は、わりあい有能だと思う。仕事は手早いし、料理を作るのも好きだ。隣近所のつきあいのないマンション暮らしは、私の気にいった。

住まいは、四階の西端にあった。西に面した悠司の部屋の窓からは、多摩川が見下ろせた。

何一つ統一のとれたカラーを持たない悠司の部屋は、３ＬＤＫの住まいのうち、私にとって、一番居心地のいい場所だった。

縦に細長い二坪ほどの小さい部屋は、ベッドと本棚、机などで、いっぱいだった。部屋が狭いからむりのない点もあるのかもしれないけれど、悠司には、整理整頓の能力が、生まれつき欠如しているらしい。思いがけない場所に、思いがけないものが転がっている。青カビが生えて固くなった、食べかけの肉饅頭《まんじゅう》が、本棚のわきに長いピンで止めてあったり、その本棚の、教科書と教科書の間に、脱ぎ捨てられた下着が、ひょいと突っこんであったりするのだ。ベッドが押しつけて置いてある壁面にも、浅い棚が二段に吊ってあって、こまごましたガラクタが、雑然と積み重ねられている。

悠司の部屋にいるのは、楽しかった。何もかもが規格にはまり、あるべき所にあるべき物がおさまった居間や私たちの寝室は、息がつまる。しかし、宿主の好みは尊重しなくてはいけない。

悠司のベッドのシーツには、ときどき、しみがついていた。たいてい、カサカサに乾いてこわばっていたけれど、その黄ばんだ小さな汚点《しみ》は、ほほえましかった。

私は、彼のベッドに横たわり、膝を曲げ、腿《もも》と腹の作る直角の中に、しみを置いた。若竹のようにさわやかで凛々《りり》しいであろう彼のその部分を感じた。村上との夜は、私には、いささか苦痛だった。

悠司が、学校から帰ってきた。

首筋は埃《ほこり》で黒く汚れ、汗の痕が筋をひいている。

「シャワー浴びたら？」

「いいよ、めんどくさい」

部屋に入ってまもなく、けたたましい悲鳴がきこえた。ダイニング・キチンで洗い物をしていた私は、手を拭くのもそこそこに、悠司の部屋にかけこんだ。

「どうしたの！」

悠司は、下半身をむき出しにしたまま、右の太腿の付根の内側を押さえて、せまい床をころげまわっていた。制服のズボンと、ふだん履きのダンガリーパンツが床に投げ出され、ブリーフまで脱ぎ捨ててあった。

とんでもねえ待ち伏せ《アンブッシュ》だ！　と、悠司は、わめいた。

アルミサッシュの窓枠に、ハチが翅《はね》を休めていた。

ハチを殺すことより、刺された傷の手当ての方が先だった。

悠司は、痛みをこらえかねて、脚をじたばたさせながら、ズボンをひき寄せて、下半身にかけようとした。

私は、とっさに、悠司の手をのけて、赤く腫れあがった傷口に、くちびるをつけた。効きめがあるかどうかわからないけれど、私はうろたえて、毒蛇に咬《か》まれたときと、混同していた。傷口は、熱をもって、しこりになっていた。においが、私を縛った。私は、悠司の脚を抱きかかえ、顔を埋めた。顔を、ほんの少し、わきにずらせ、私は、くちびるの位置を変えずにはいられなかった。

理性が戻った。顔を上げかけた私のくちびるのきわに、彼の肉の先端が触れた。粘液が、くちびるを濡らした。私は、口に受け、のみこんだ。

目を伏せかけたけれど、私は、思いきって、彼をみつめた。

——愛しているの。

悠司は、あっけにとられたように、まじまじと私を見た。出て行けと、どなり出すのではないかと思った。

「薬を……何か、探してくるわね」

私は、つぶやいて立ち上がった。

悠司の目は、私を通り越して、ドアの方を見た。

私は、ドアを開け放したままだった。

ドアのしきいのむこうに、哲郎が立っていた。まだ予備校から帰って来ないと思っていた。

入口のドアの開く音に、私は気づかなかった。

「ハチに刺されたのよ。それで、毒を吸い出さなくてはと思って……」

私は、弁解した。舌がもつれた。

「アンモニアつけなくてはいけないわね」

「アンモニアなんかつけたって、全然だめですよ。抗ヒスタミン剤がいいんです。それだって、つけたからって、すぐ直るものでもないけれど」哲郎は、無愛想に言った。

居間から救急箱をかかえて戻ってくる間に、哲郎は、ハチを叩き殺していた。

哲郎の目がなければ、自分で薬を塗ってやりたいところだった。私は、軟膏《なんこう》のびんを悠司に渡し、哲郎のところへ行った。

「こいつは、スズメバチといって、日本にいるハチの中では、一番大きいやつですよ」

哲郎のてのひらの上のハチは、三センチぐらいあった。

「ミツバチだと、針に逆トゲがあって、一度刺すと、自分では脱《ぬ》けないんです。ひっぱると、針といっしょに、内臓が脱けてしまう。だから、ミツバチは、人を刺すと自分も死んでしまうのだけれど、スズメバチは、しぶとくて……」

「詳しいのね」

「ぼくは、ムシ屋ですから」

「ムシ屋？　ムシ屋って……」

「昆虫好きのことを、ムシ屋っていうんですよ」

哲郎は、珍しくよく喋った。それから、ふいに、大股で部屋を出て行った。ドアが閉まった。

「ずいぶん、変なところを刺されたのね」

私は、ハチの死骸を指でいじりながら、悠司に背をむけたまま、言った。

「ダンガリーの中にはいりこんでいたんだ。はいたとたんに、ビビッ！　ときた」

「あら、それじゃ、私の責任だわ！　洗濯してバルコニーに干してある間に、入りこんだのね、きっと。たたむときに、よく注意すればよかった」

「いいよ、気にしなくても」

悠司が私を避ける様子はないので、私は、部屋を立ち去りにくかった。

「痛いでしょう」

「躰じゅう、ずきずきするけどさ、でも……」

寝ころんだままで、いきなり、悠司は後ろから私の脚を抱きすくめた。私は、よろめいて、床に腰をついた。

「さっき言ったこと、本当？」

「え、私、何を言った？」

声には出さなかったつもりだ。

「ずるいんだな。だから、大人はきらいだ」

「私も、大人はきらいよ」私は言った。

私たちは黙った。何も言う必要はなかった。

私は、悠司の頭を膝にのせた。傷の痛みが、彼がそれ以上の行動に出るのを妨《さまた》げた。

4

ふと、気がついたことがあった。ハチの事件があってから、数日後のことだ。

悠司は、腫れがひどくてブリーフをはくこともできず、二、三日、学校を休んだくらいだったけれど、やっと、おかしなガニ股で、登校するようになった。

私は洗濯物をたたむのに、ひどく神経質になっていた。バルコニーに干した洗濯物は、陽の光を受けて、快い——おそらく、昆虫にとっても快い、ぬくもりを持つ。どこか近くにスズメバチの巣があるのだとしたら、ぶっそうでかなわない。ムシ屋の哲郎に始末してもらわなくてはと思いながら、洗濯物にアイロンをかけはじめた。

そのとき、気がついた。

あの、ダンガリーパンツ、しまう前にアイロンをかけたのではなかったかしら。アイロンをかけたとしたら、ハチはそのとき、押しつぶされてしまっているはずだ……。はっきりした記憶がなかった。私は、洗濯物が多かったり仕事のいそがしいときは、アイロンかけの手をぬくことがある。ことに、悠司のダンガリーパンツなどは、およそ、アイロンのかけ甲斐のない代物だから……。

ちょっと心に浮かんだ疑惑は、すぐ、忘れられた。

哲郎は、予備校に通っている。午後のコースなので、昼ごろ、家を出て行く。朝型とみえて、夜ふかしはしない。午前中はたいがい、部屋にこもっている。

悠司は、サッカーの同好会に入っているので、週二回、練習でしごかれる。大学までエスカレーターになっている私立の付属に、小学校のときから通っているので、入試の苦労を悠司は知らない。

その日は、練習日のはずだった。同好会は、正式の体育系のクラブほど厳しくはないが、それでも、練習のある日は帰宅が七時ごろになるのが常だった。

それが、哲郎が出て行くのと、ほとんど入れちがいに帰ってきた。

私は、気がつかないで、悠司のベッドに横になり、小さなしみを指で撫でていた。

ふいに、悠司が入ってきた。私は、反射的に、坐り直した。

「早かったのね、今日は、ばかに」

「どいてくれよ」

悠司は、きげんの悪い声で言った。

「頭が痛いんだよ」

私が悠司の部屋に入りこんだり、ベッドに寝ころがったりするのを、彼は今までいやがったことはなかったから、不きげんな声が、少し意外だった。ハチ事件から、二週間近くたっている。私も悠司も、そして哲郎も、あのときの私の行為は、まるで存在しなかったように過していた。

「風邪をひいたのかしら。いけないわね」

私は、ベッドを悠司にゆずった。

部屋を出て行こうとするうしろから、悠司の手が、私の胸を抱いた。顔を背に伏せた。

「ね、いけないのかい。ただ、からかっただけなんかい」

顔を背に押しつけているので、声がくぐもった。

私は、躰のむきをかえた。私は、拒むつもりはなかった。

「がんばらなくっちゃな！」

悠司は、興奮して叫んだ。

「うわア、何だか、もったいないな。おれ、すぐ終わっちまいそうだもの」

悠司は、苦心して時間をひきのばそうとしたけれど、本能の勢いの方が強かった。

とても上手く私を征服したのよというように、私はみせかけた。悠司は、私のごまかしに気がついたようだけれど、メメしく自意識過剰にみじめがったりはしなかった。征服者の満足感と、年上の者への甘えと、両方をつごうよく取り入れて、そのここちよさの中に浸《ひた》りこんだ。

「頭痛いの、なおった？」

小さい声で笑って、私は訊いた。頭が痛いというのは口実で、授業をさぼりたくなっただけ、それも、私のことが——私の躰が気になって、勉強に身が入らなかったのだと、わかっていた。

「おれの頭の中、からっぽだ」

本当に、悠司は、少し貧血していた。

「カレンダーの、今日っていう日に、おれ、星のマークを描くよ」

やわらかく、時間が流れた。

私は、ほんの少し、苦く、淋しかった。

愛と錯覚したものは、少年の肉体への興味にすぎないのかもしれなかった。

感情がのぼりつめれば、あとは、冷えて灰になるだけ。灰になるまでの経過が、少しでも長く楽しいことを、私は願った。

5

悠司が言ったことがある。

おれ、三十なんてなったら、もう、老いぼれはてて、死んでしまうなあ。二十五ぐらいになったら、きっと、ひどくよれよれになった気がするだろうな。

それ、少し、まちがっているわ。私は言った。老いぼれるのではなくて、ある日、突然、あなたは死ぬのよ。二十二か、三か、それとも二十五か、人によって死ぬときは違うけれど。そして、別の生物に生まれかわるの。大人って名前の生物にね。あとは、だらだらとしつっこく、いつまでも生きつづけるのよ。

大人なんて、ぶっこわすべきだ、と、悠司は言った。少くとも、今いる大人の九十五パーセントは、ぶっこわされるべきだ。

ぶっこわれて、大人になったのよ。大人は、だから、かたわなのよ。

私は、悠司の耳に唇を押しつけ、耳たぶを口にふくんだ。

くすぐったいな、よせよ。悠司は、躰のほかの部分を舌であやされるのを、まだるっこしがった。私の恋人は、幼くて、せっかちだった。彼のファロスは、私の口蓋《こうがい》を突き破りかねないほど、猛々《たけだけ》しく、力にみちあふれていたけれど、悠司と愛し合うことによって、私は、大人になってしまった自分を感じた。ここを無頼の部屋と化すのは、悠司にとっては、ごく自然の行為であったのに、私は、何がしかの理論づけを必要とした。

哲郎のはじめたゲームに私がのったのは、私が、ぶっこわれた大人であるためか、それとも、私の中に、ぶっこわれきれない、大人の言葉でいえば、〝精神的に発育不全な〟部分があるためか、私には、冷静に自分を分析することはできない。

哲郎にとっては、それは、ゲームではなかった。彼の、切実な自己表現だったのだろうと、私は思う。

二度めに起こった悠司の災難を、私は、はじめ、彼の運の悪さのためと思っていた。

怪我をしやすい人間というのがいる。

性格的な荒さや軽はずみにもよるけれど、タクシーに乗って追突されるとか、校庭で野球のそれ玉に当たるとか、本人には責任のない事故が、一人の人間にひんぱんに起こるというのは、ままあることだ。

悠司は、寝起きが悪い。哲郎のように、目ざましで自発的に起きるということはない。何度も声をかけ、ふとんをはがし、ひきずり起こさなくてはならない。

その朝、ドアを開けて、立ちすくんだ。

悠司は、ベッドからずり落ちたように、床に長々とうつ伏し、おびただしい嘔吐物が、床を汚していた。顔も髪の毛も、嘔吐した汚物にまみれ、強烈なベンゼン臭が、鼻をついた。肩に手をかけてゆすったが、首がぐらぐら揺れただけだった。

私は、村上を呼びたてた。

村上と、哲郎と、三人がかりで居間にはこび、村上は、機敏に処置を行なった。

「ばかなやつだ。全く、しようのないやつだ」

枕もとに、ふたの開いたラッカーシンナーの空きびんが転がっていたから、急性のシンナー中毒であることは、明らかだった。

ベンゼン、トルエン、エタノール等が主成分になったシンナーは、一時に大量に吸入すると、麻酔作用を生じ、酸素欠乏をきたす。

シンナー遊びでは、たいてい、ビニール袋をかぶるから、空気が通わなくて、窒息の危険もあるけれど、悠司は、ビニール袋はかぶっていなかった。もっと部屋が広ければ、シンナーは拡散され、たいしたことにならないですんだのだろうが、狭い上に、コンクリート造り、アルミサッシュの密閉された部屋であることが災いしたようだ。

シンナー遊びをしたものと、私も村上も思った。強心剤を加えた五パーセント糖液の輸液を受け、意識を回復した悠司を、村上は、厳しく叱責《しっせき》した。

「違うよ」

悠司は、めまいと頭痛を訴えたが、村上が激怒しているので、黙りこんだ。

私の監督が不行届きだと、村上は、私をも叱った。

やがて悠司は、今度は昏睡ではなく、自然な眠りについた。

翌日、悠司は私に不満を洩らした。

「わざとじゃないんだって言うのにな」

ベッドの脇の浅い棚にのせてあったびんが、ころがり落ちて、ふたがゆるんだのに違いない、と悠司は言った。

「部屋が狭すぎるんだよ。だから、寝返りうった拍子に、壁にぶつかって、棚がゆれたんだ」

「本当に、わざとじゃないの？」

実は、前に一度、ためしてみたことはあるんだ、と悠司は言った。

「でも、ちょっと嗅いだら、むかむかしてきたから、おれには合わないんだと思って、やめた。びん、そのまま、棚に置きっ放しにして、忘れていたんだ。すてきな気分になるって言うやつもいるんだけどな」

「死ぬのかと思ったわ」

私は髪を撫でた。

「チアノーゼ起こして、まっさおになっているし、手足は固くこわばっているし」

「ひどいもんだぜ。夜中に、猛烈に気分が悪くなって目がさめてさ。吐き気はするし、頭はぐらぐらするし。助けを呼ぼうにも、声が出ないんだよ。躰も動かなくて、ベッドから降りようとして、転がり落ちたところまではおぼえているんだけど。でも、死ぬなんて、これっぽっちも思わなかったな」

「そう、あんな程度では、命にかかわるような危険はないって、あなたのお父さんも言っていたわ。ビニールかぶってやるのと違うからね」

びんの落ちた場所が悪かった。足もとの方なら、まだ、いいのに、ちょうど、顔のそば、もろに吸いこんでしまうような位置。

サッカーの練習日で、くたびれ果てて熟睡していたのも、悪条件の一つだ。眠りが浅ければ、ひどいことになる前に、臭気で目がさめるところだったろうに。

私と悠司は、不運のファクターをたがいに数えあげ、この程度ですんでよかったと、お祝いのキスをかわした。

私は、村上にたいしては、彼が要求するつとめは、十分に果たした。村上は、ハウスキーパーとしての私にも、夜の相手としての私にも、満足していた。私は、一つの家の中で、二人の人間として生活していた。村上のものである私。悠司の恋人である私。哲郎の存在を、私は、ほとんど心にとめていなかった。

いるかいないかわからない——おとなしい人間を、よく、そう形容するけれど、哲郎は、まったく、目立たなかった。世話がやけないという点では、この上なしだった。

哲郎の存在を私がはっきり認識したのは、シンナー中毒事件から、およそ一月ほど後である。誰もいないと思って悠司の部屋のドアを開けた私は、かがみこんでいる背中を見た。

「哲ちゃん。何しているの？」

哲郎も悠司も、玄関の鍵をめいめい持っていて、勝手に出入りしている。村上だけは、ブザーで帰宅を知らせ、私にドアを開けさせる。鍵は嫌って持たない。悠司の出入りは騒々しくて、動静がはっきりわかるのだけれど、哲郎は、帰宅しても、ただいまの挨拶なしに自分の部屋に入りこんでしまうから、まったく、いるのかいないのかわからない。

この時も、まだ帰宅していないと思っていたし、悠司の部屋に入りこんでいるのが意外だった。哲郎は、振りむいて、ゆっくり立ち上がった。足もとに、スタンドのコードが垂れた。

居直ったような、ふてぶてしい表情を、哲郎はみせた。私がこれまでに知らない彼の表情だった。

私は、何げなく、床にのびたコードに目をやった。一部分、絶縁テープが巻かれ、それがはがれかかっていた。

「あら、ありがとう」

コードの被覆《ひふく》のむけた部分を、哲郎が修理してやっているのだと思った。

悠司が身のまわりにだらしがないのは、いつものことだ。スタンドのコードが傷み、銅線が露出したのを、取りかえるのをおっくうがって、絶縁テープを巻いた応急処置ですませてあるのは、私も知っていた。

「危いと思っていたのよ」

哲郎は、私の顔をみつめた。それから、黙って、部屋を出て行こうとした。

「待って！」

私は、はっとして、叫んだ。一瞬ひらめいた直感だった。

「哲ちゃん、あなた、何をしていたの？」

返事はなかった。挑《いど》むように、哲郎は、私をみつめつづけた。

私は、この時、はじめて、哲郎をまともに見すえた。

哲郎は、いつも、野放図《のほうず》に明るい悠司のかげになっていた。無口だった。一日に、十言《とこと》と、彼と言葉をかわしたことがない。しかし、外にむかってきらめく個性を持たないからといって、彼に個性や感情がないわけではないということを、私は念頭においていなかった。

私は、その点、悠司に似ていた。夢中になると、自分と、自分に関心のあること以外、何も目に入らなくなってしまうのだ。私は、悠司との結びつきの中に没入しきっていた。

「居間に行きましょう。聞きたいことがあるわ」

私は、年齢の差で優位を保つ、大人の立場に立とうとしていた。

私たちは、居間のソファに並んで腰をおろした。

「何をしていたの？」やや、厳しい声を出した。

「見てたじゃないですか」

哲郎の返事は、そっけなかった。

コードのテープをはがしても、それだけでは、感電させるのはむずかしい。でも、あの傍には、水の入ったコップがあった。それは、悠司が、深夜放送のリクエストカードを水彩で描いたとき、筆洗に使ったもので、汚れたまま置きっ放しになっていた。散らかっているものを私がかたづけると、置き場所がわからなくなったと、あとで悠司が怒るので、手をつけないことにしている。あのコップを床に倒して、水たまりに、コードの銅線が露出した部分を浸してあったとしたら……、そして、気がつかないで、はだしの足がそこに踏みこんだとしたら……。

「哲ちゃん、はっきり教えて。あなた、どういうつもりなの」

哲郎とまともに目を合わせるのが、怖ろしい気がした。きっぱりと否定してほしかった。

「まさか……まさかと思うのよ。でも、あんまりいろんなことが重なるから……。ね、違うのなら、違うって言ってちょうだい。私、とんでもないことを考えているのかもしれないわ」

哲郎が激怒し、抗弁するかと思った。哲郎は、無言だった。表情も動かなかった。

「哲ちゃん、あなた、悠ちゃんを憎んでいるの？」

哲郎は、私の方をむいた。口をひらいた。

「今ごろ、気がついたんですか」

押さえに押さえたものを、叩きつけるような激しさだった。それを皮きりに、彼が、心の中に鬱屈《うっくつ》したものを吐き出せばいいと思った。しかし、彼は、再び目をすえて黙りこんだ。すなおに心の内を打ち明けられる性格なら、これほど内攻して、陰険な手段を弄《ろう》することはないのだろう。

「もう、あんな危いことはしないわね」

私は、まるで、小さい子供をなだめすかすような口調になっていた。

「あなた、まさか、悠ちゃんを……」

殺すつもりじゃないわね、とは、さすがに口に出せなかった。

殺意はないと、私は思った。どれも、偶然性に頼った、しかも、決定的なダメージとはならない方法である。男らしくない、いじけたやり方だった。弟を憎むなら、腕力で戦えばいい……。おそらく、それは、すでに行なわれたのだと、私は察した。悠司も父親に似て、中肉中背といったところで、きわだって大柄ではないけれど、サッカーをやるだけあって、筋肉質のひきしまった躰をしている。哲郎は、腕力はなさそうだった。

一つ一つをとりあげれば些細《ささい》なことが、哲郎の内部に積もり積もって、強固な劣等感となって、しこっているのだろうか。

おれの方が、ホース・パワー、抜群なんだぜ、と悠司が誇らしげに語ったことがあった。分銅ぶらさげて、計りっこしたんだ。あいつのは、貧弱で、てんで駄目。男の子って、変なことをするのね。私は笑ってしまったけれど、哲郎が、常に、弟との能力の比較ということを意識においていたとすれば、笑いごとではすまされなかったかもしれない。

「ね、何でも話してちょうだい。私、あなたの力になれると思うのよ」

「どうやって、力になるんですか。悠司にしたような方法でですか」

哲郎は、悠司と私のことを知っていた。

「あまり、偉そうな顔はしないでほしいな」

哲郎は、ふいに能弁になった。

「保護司か、特少の面接委員の役でもやってるつもりですか。こっけいだよ。あなたは、意識的にアモラルであろうとしているんじゃないんですか。それによって、日常的なものから自由であろうとしている。ぼくは、そういうあなたを支持します。それなのに、この問題に関しては、モラルに則した立場をとるんですか」

彼は、もっと汚ない言葉で私を責めることもできたのだ。

てめえのやってることを、考えてみろよ。きれいな口のきける柄かよ。

「わかったわ」

私は、微笑した。

「握手しましょう。私たちは、同じ世界の住人ね」

これは、私にとって、ゲームだと、私は思った。悠司の血を賭けたゲーム。

哲郎は、私と悠司が、世間の良識からこの上なく厳しく弾劾《だんがい》されるかかわりにあることを知りながら、口を緘《とざ》し、私もまた、哲郎の行為を世間の審判にゆだねることはしない。

私たちの世界の中だけで、ゲームは進行されるべきなのだ。

この考えは、私を悦ばせた。哲郎は、悠司を傷つけようと狙い、私は、私のいとおしいものを護る。悠司は無邪気に、何も知らない。悠司の苦痛は、私に、痛みとともに、えたいの知れない快さをもたらすことに、私は気づいていた。女は、看護婦の役をするのが好きだ。それは、たぶん、母性愛に似て、実は魔性の、サディスティックな感性を女が持っているためではないだろうか。

私の出した手を、哲郎は、とろうとはしなかった。

「今日は、すげえな。燃えちゃってるね」

外部から与えられた緊張感と刺激が、私にどんな作用を及ぼしたか知らない悠司は、私の中で萎《な》えながら、感嘆したように言った。

——守ってあげるわね。

声には出さず、ささやいた。

悠司の部屋にいるかぎり、私たちは、躰を不必要な布でおおうことをやめた。哲郎にみせびらかすつもりはなかったけれど、もし見られても、かまわないという気があった。村上は鍵を持たない。彼は、私たちの世界には入れないのだ。いかなる意味においても。

悠司の裸体は、美しかった。ことに、そのファロスが、ペガサスのように力強く宙を志向するとき、これ以上美しいものはないと、私は思った。おそらく、それは、悠司一人にかぎったことではない、悠司は、たまたま私の前にあらわれた、代表者であったのだろう。彼を媒体に、私は、彼によって象徴されるすべてのペガサスたちを愛した。

結局のところ、哲郎は、悠司の災難が彼の犯行か否かということに関して、何も決定的な言《げん》質《ち》を与えはしなかったのだということに気づいたのは、だいぶ後になってからだった。

6

悠司は、しじゅう、小さい事故にであった。でも、そのほとんどは、彼自身の不注意か、避けられない災難で、哲郎の手が加わったとは思えないものだった。悠司は、事故にあいやすいタイプだった。

——哲郎の〝小さいいじわるゲーム〟

と、私は、ひそかに、あの賭けを名づけていた。

ゲームには、ルールがある。ゲームが行なわれる場所が、悠司と私の無頼の部屋に限定されることを、私は望んだ。暗黙のうちに、その了解は成り立っているようだった。

哲郎がムシ屋であることに、私は、こだわった。二度も三度も、ハチが悠司の部屋に入りこんでいたら、誰でも怪しみだす。だから、同じ手は使わないだろうけれど、敵の武器は、よく知っておいたほうがいい。

『毒虫の話』という本を本屋でみつけたので、買ってきた。ページをめくりながら、ばかばかしくなった。

私の一人角力だったかもしれないと思ったのだ。私が哲郎を責めたとき、彼が肯定もしなかったかわり、はっきり否定もせず、私の疑問をそのままにしたのは、単に、へそを曲げただけのことかもしれない。身におぼえのない疑いをかけられたとき、ふつうは、腹をたてて潔白を主張するのだけれど、なかには、怒りを、内攻させ、かってに疑っていろと、ふてくされてしまう者もいる。

それでも、悠司の部屋を綿密に点検することは、怠らなかった。棚の止め金がゆるんでいたことがあったけれど、あれは、哲郎のやったことかしら……。それとも、偶然かしら……。

「夏休みは、講習会に通う予定ではなかったのか？」

信州に行ってくると哲郎が言ったとき、村上は、きげんの悪い声を出した。

息子が一浪すること自体、彼の気にいらなかった。村上は、旧制中学の四年から高等学校にパスし、旧帝大に進んだかつての秀才だから、息子も現役で医学部に進むものと、ほとんど確信していたらしい。

「ときどき息抜きしないと、かえって能率がさがります」

友人の別荘に泊まるから、宿泊費はいらないのだと、哲郎は説明した。

村上は、妙なところでけちけちする傾向がある。何もかもがみみっちいというわけではない。ホテルでディナーをとるといった贅沢な雰囲気は好きで、誕生日などというと、家族をホテルに誘う。村上は、酒が飲めない。体質的に、アルコールを受けつけないらしい。酒がだめなら、たいてい、ジュースを注文するけれど、村上は、「水」という。ホテルのジュースはばかばかしく高くて、値段を考えたら、飲めたものではないのだそうだ。息子たちも、酒は未成年だから禁止され、やはり、水をつきあわされる。息子たちは、逆らわなかった。エネルギーの無駄な消耗を、彼らは上手にさけていた。

伯父が言っていた。東南アジア旅行のさい、村上は、機内食の残りを、必ず、ティッシュペーパーにつつんで、バッグにしのばせた。冬ごもりの前の小動物のように、チーズやクッキーをためこんだ。食べるわけではなく、一日二日持ち歩いて、結局ホテルで捨ててしまうのだけれど、こりなかった。戦中派に通有な習性なのかもしれないと、私は思ったことだった。

宿泊費がいらないと言ったからか、息抜きが必要だという説明を納得したのか、村上は、哲郎の申し出を、しぶしぶ承知した。

夏の強い陽光は、悠司を、いっそう美しくきわだたせた。強靭《きょうじん》に鍛《きた》えられた皮膚の黒い輝き。汗。

哲郎が信州に去って、悠司との関係の持続に有効な緊張の要素が減ったけれど、夏という季節が、それを補なった。夏は、新鮮な魅力を、悠司に付加した。

悠司の方でも、まだ、私に倦《あ》きる気配はなかった。悠司もまた、私を媒体に、彼と異る性をさぐり、驚きを味わっているらしかった。

一週間足らずで、哲郎は帰京した。

「ずいぶん早かったのね」

「あなたと悠司を誘おうと思って。親父が学会で京都に行くでしょう。その留守の間、あなたたちも、信州に来ませんか」

哲郎の肌も、高原の強い日に、赤く灼《や》けていた。

友人の家族は、この夏海外旅行に出るので、山小屋は一夏空いているのだと、哲郎は言った。

「いいところですよ。志賀高原の奥の方です」

「男の子って、家族でべたべたくっついて暮すの、嫌いなんじゃないかと思っていたわ」

「ぼくらは、家族じゃありませんね」

私は、哲郎の挑戦を感じた。それとも、これは、和議の申し出なのだろうか。

「どうせ行くんならさ、ドライヴで行こうや。列車の切符とるの、大変だもの」

悠司は、はしゃいだ。

村上は運転はできない。哲郎は免許は持っているが、大学入試にパスするまで、車はお預けになっている。

「すてきな車を、借りてやるよ。友達の兄貴のなんだけど」悠司は言った。

そこは、ゆっくり滞在できるのかと、村上が訊いた。もし、持主の方でかまわなければ、ぼくも、学会のあと、そっちへまわって、何日かいっしょに、涼しい信州で過したいね。

夏の京都は暑いからな、と、村上は、行く前からうんざりしていた。

私たちが信州にむかって出発する日、村上は、先に、東京をたっていた。だから、悠司と哲郎が悠司の友人の家まで行って借りてきた車を、村上は見なかった。見たら、どんなにか顔をしかめただろう。

それほど、魅力的な車だった。

かつては、フォルクスワーゲンだったという代物だ。前と後ろをぶったぎられて、強《し》いていえば、〈ルクスワー〉というような車種になっていた。

前部、トランクの先の部分、ぶったぎられて、切口に板がはってある。

後部も、切り落とされて、臓物のようなエンジンが、むき出しになっている。

後輪のタイヤは、レース用の太いやつ。

アメリカの若者たちの間で流行しているチューニングだそうだ。

道の混雑をきらって、夜の明けきらぬうちに、私たちは、出発した。

あらためて車の点検はしなくても、むこうに着くまで、何事も起らないだろうと、私は気を許していた。

車は悠司の友人の兄のもので、借りるときから家に着くまで、ずっと悠司がいっしょだったのだから、哲郎が車にこっそり細工する時間はない。

それに、運転するのは哲郎だ。もし、車に細工して事故が起きれば、哲郎自身も、私も、巻き添えになってしまう。哲郎は、私を直接傷つける意志は持たないはずだ。

国道を並んで走る車が、クラクションを、短くたてつづけに二度鳴らした。「チンケてやがる」と、私たちの車に対する感想をのべたのだろう。

7

東館山の、山裾から中腹にかけて、ヤナギランの群落が、紅い花穂《かすい》をそよがせていた。

標高千六百メートル。東館山と西館山の鞍部《あんぶ》にひろがる高原台地。

かつては、志賀の秘境といわれたところだそうだ。最近は、バスやリフトが開通して開けてきたけれど、それでも、旅館などの設備はほとんどない。会社の厚生施設として建てられた山の家などが、いくつかある程度。それも、この山小屋からは、深い木立にさえぎられて見えない。

すさまじい〈ルクスワー〉でとばしてきた私たちは、汗と埃まみれだった。冷《ひん》やりと硬質な高原の空気に、汗はひいたけれど、埃が、別な皮膚が一枚できたように、顔や胸にはりついていた。

ガスはプロパン。水はモーターでタンクに汲み上げ、蛇口をひねれば出る。小さくて粗末な山荘だが、日常生活に欠かせない火と水の設備だけは、便利にできていた。電気冷蔵庫も置いてある。私は、車で持ち運んできたビールを冷蔵庫に入れた。風呂を沸かそうとして、プロパンガスは炊事用で、風呂は薪《まき》で焚くのだと知った。

「哲ちゃん、お風呂沸かしてくれない」

「いいですよ」

哲郎は、ここにくるのは二度めだから、風呂焚きの要領はよくのみこんでいた。

マンションのバスは琺瑯《ほうろう》製、給湯設備があって、蛇口から熱湯が出る。小判型、木製の湯桶は、このごろ都会では珍しい。

焚口に木っぱや古新聞紙をつっこんで、火をつけ、それから、細いのから次第に太いのと、手ぎわよく、哲郎は薪をくべた。焚口から上昇する熱気に、汗みずくになり、埃が、黒い雫《しずく》になって、額をつたった。

「沸いたかア、兄貴」

悠司が、さっさと湯舟にとびこんだ。

哲郎は、手の甲で汗をしごき落とし、もう一、二本薪を放りこんで、外へ出て行った。

ほんの些細な、気にとめることもないような場面だけれど、私は、過去にむかって広がる二人のあり方を垣間見た。ふと、哲郎に同情をおぼえた。

「哲ちゃん、御苦労さま」

戸外に佇《たたず》んだ哲郎に、自分でも思いがけない、やさしい声が出た。まるで、ものわかりのいい母親のようだった。私は、少してれくさくなったけれど、

「悠ちゃんて、いつも我儘《わがまま》なのね」

このとき、私は、哲郎と休戦していた。

それでも、風呂に入る前に、小屋の内外をくまなく点検し、ことに、断崖にむかって突き出したヴェランダの、木の手摺りの強度を調べることを、私は忘れなかった。

山の空気が、哲郎を少し奔放《ほんぽう》にしたのだろうか。

悠司が一人で散歩にでかけているとき、みせるものがある、と哲郎は、私を誘った。

多少警戒心を抱きながら、私は、哲郎に従った。哲郎は、山小屋に備えつけの古毛布を腕に抱えていた。

小屋の脇の、なだらかな斜面、雑木の間を下りてゆく。下草の露は、まだ、乾ききっていない。小屋について、三日めのことだった。

名前のわからない太い樹が、枝を横にひろげ、そのあたりから、斜面が急に傾斜をましている。

横に突き出した頑丈な枝に、ブランコが吊り下がっていた。それも、ふつうのブランコではなく、戸板のような幅広い板の両端をロープで吊るした、大きいやつだった。

哲郎は、古毛布を板の上に敷いた。

「すてきなブランコね。哲ちゃんが作ったの？」

「いいや、前からあるんです」

私は、毛布の上に体を横たえた。仰向いた目に、葉洩れ日が眩《まぶ》しかった。梢のはずれには、空がひろがっていた。

ブランコは、ゆっくり、揺れた。一振り、大きくゆすっておいて、哲郎は、私の傍に腰を下ろした。私は躰をずらせ、哲郎のための場所を空けた。

抱きあって、私たちは、空中を揺れた。哲郎は、悠司のように荒っぽくせっかちではなかった。ひっそりと、私たちは、たがいの躰に触れあい、やがて、一つの肉体のようになった。ブランコは、揺れつづけた。

目を閉じると、私たちは、青い空間を舞っていた。目を開くと、私たちは静止し、空や梢や、草や、土が、私たちを中心に、弧を描いた。

ふいに、音のない落雷にあったように、私たちの周囲が、ギザギザ揺れた。

転げ落ちそうになるほど、板がかしいで、悠司がとび乗ってきた。

「すげえや！　すげえスイングだ」

ぎくしゃくと、ひとしきり揺れて、ブランコは止まった。哲郎は、躰を離した。悠司の目から、自分の前をかくすように、哲郎は背をむけてブランコを下り、歩き出そうとした。

「いいよ、兄貴」

悠司は、寛大に言った。

哲郎はためらい、私の顔を見、結局、とどまった。

板は、三人が躰を横たえるには、狭すぎた。私たちは、邪魔になる布をみんな取り去り、絡みあって一つによじれ、板から落ちないよう、躰の位置を工夫した。

悠司はこの遊びをおもしろがったけれど、小屋にもどる途中、哲郎は、あまり嬉しそうな顔はしていなかった。

8

買物に不便なところなので、罐詰料理が多くなる。野菜は、会社の山の家まで行って、わけてもらうことにした。一番近い所でも、五、六百メートル離れている。

ヴェランダに椅子とテーブルを並べ朝食をとっているとき、

「ハチだ！」

悠司が、おびえた声をあげた。

この前、刺されたのが、身にしみて痛かったのだろう、みっともないくらい騒ぎたて、部屋に逃げこんだ。

ハチは、羽音をたてて、テーブルの上をしつっこくとびまわり、やっと、飛び去った。

「もう、大丈夫よ」

テーブルについた悠司は、

「ハチは弱いや。痛かったもんな」

甘えた顔をみせた。

私は、無視して、皮をむいた桃を哲郎に渡した。弱虫ねと、面とむかってからかわれるより、軽蔑をこめた無視がこたえて、悠司は、鼻白《はなじろ》んだ。哲郎にひきくらべ、悠司の自信にみちた傲《ごう》岸《がん》ぶりが、いささか小づら憎くなっていた私は、ほんの少し、いじ悪い態度をとってみたのだ。悠司が、あまり簡単に傷ついた顔をみせたので、おもしろくなった。

悠司は、哲郎に少しも嫉妬していないようにみえていたけれど、それは、自分の方が絶対優位にあるという自信に支えられてのことだった。

私は、二匹の犬を従えたような自惚《うぬぼ》れを押さえきれなかった。

「スズメバチの巣があるのかもしれない」

哲郎は、おちついた声で言った。

「そのうち、みつけたら、退治してしまおう」

「頼むわね、哲ちゃん」

私は、おだてた。哲郎は、悠司のように、あっさりおだてにのったりはしなかった。ああ、と、軽くうなずいただけだった。

ハチがとんで来たこと以外、悠司の身に、危険なことは何も起こらなかった。

哲郎が悠司にコンプレックスを抱き、憎しみを持っているらしいことは確かだけれど、その憎しみのはけ口に、小細工をして、悠司を傷つけようとしたと考えたのは、思いすごしかもしれない……。

そう思うとき、

——しかし……。

スタンドのコードをいじっているのを私が見咎《みとが》めたときの、哲郎の表情が思い出されるのだ。

山小屋で、私たちは、まったく解き放たれていた。村上が学会を終えてやってくるその日まで、ここを訪《おとな》う者は誰一人いない。

私は、二人の少年との奔放な遊びに、少し、くたびれてきていた。いったい、私は、何から自由であろうとするのだろう。

——もう、こんなことは、卒業した方がいいんじゃないかしら。

ふと、そんなことを思ったりした。

陽が落ちかかっていた。私は、小屋を出た。一人で、ブランコの方へ歩いて行った。ブランコには、先客がいた。背をみせて腰かけていた。薄暗くて、背中だけでは、誰だかよくわからなかった。

私は、並んで腰を下ろした。哲郎だった。

足を地面から離すと、ブランコは、ひとりでに揺れた。

「ねえ、哲ちゃん、これは、好奇心で訊くんだけど、悠ちゃんがハチに刺されたり、シンナー……」

みなまで言わせず、

「ぼくのしたことです」

夕闇をみつめながら、哲郎は、すなおに答えた。

「でも、もう、やめました。ばからしくなった。あいつは、子供なんですよね。なにも、まともにはりあうことは、なかったんだ」

「ずいぶん、わかっちゃってるのね」

「いろいろ、あったんですよ、小さい頃から……。他人に話せば、そんなこと、って、笑いとばされるだろうけれど……。それに、あなたに無視されつづけってのも、かなり口惜《くや》しかったし。ほんとはね、あいつを、ぶっ殺してやろうかと思って、ここへ、よんだんです」

私は、はっとして、哲郎の横顔を見た。薄暗くて、表情はよくわからなかった。

「ぼくは、別に、あなたのことを好きなわけじゃない。むしろ、いやなやつだって思っているくらいです。でも、あなたが親父を裏切って、かってなことをしているのを見るのは、わりあい、痛快だったたな」

とりとめなく、心に浮かんだことを、ぽつりぽつり、喋っているようだった。

「明日は、親父がここに来ますね」

「そうね。私、もう、最後の子供時代を、思いきり遊んだような気がするわ。大人になるのが、私、少し遅すぎたみたい」

「ほんとに、そうですね」

哲郎は、小声で笑った。私は、からかわれたような気がしたけれど、哲郎とくちびるを合わせた。哲郎の舌は、死んだ魚を口に含んだように、冷たかった。私のくちびるも、冷えていた。からませあい、ひきあっているうちに、熱い血が通いはじめた。私たちは、まるで、真情こめた恋人同志のように、強い抱擁《ほうよう》をかわした。でも、接吻以上の行動にはうつらなかった。

「ね、おれの方が強いだろう」

悠司は、はっきり、私の口から言わせたがった。かいこ棚のようなベッドが、壁の両側に二段ずつ、四つ、作りつけになっている。

私は悠司のベッドに入り、哲郎はむかい側の、上段のベッドで寝ていた。睡っているようにみえた。

「ええ、すごいわ」

私は、甘やかした。

夜の空気は、肌に冷たかった。私たちは、毛布をすっぽりかぶっていた。

「哲ちゃんは、つまらないわ。悠ちゃんの方が、ずっと大人よ」

私は、ちっとも、卒業しきれていなかった。

〝ぼくは、別に、あなたのことを好きなわけじゃない。むしろ、いやなやつだって思っているくらいです……〟

あのときは、たいして気にならなかった哲郎の言葉が、今ごろになって、ひどく腹立たしかった。九つも年下の哲郎に、まるで、こっちが年下のようにあしらわれてしまった。

私は、哲郎と悠司のセックスを細かく比較し、哲郎をまるで不能者のように形容した。

悠司は、はじめ、おもしろがり、優越感に浸っていたけれど、私があまりしつっこく話したので、しらけてしまって、もう寝ようと言いだした。

ブランコで、はじめてかわした哲郎とのセックスは、私がこれまでに経験したどの行為よりすばらしかったと、私は、心の中で反芻《はんすう》し、——でも、悠ちゃん、あなたがペガサスになって宙を飛翔するときより美しいものは、この世にないわ。

私は、睡った。夢の中で、私は、村上に抱かれていた。私は、うずくまり、彼の一方的な愛撫に耐えていたように思う。しかし、おびえながらも、かすかな安らぎを感じていたようだった。村上は、巨大になり、背後から股間に私をささえ、のし歩いた。

目がさめて、私は、ひどく、みだらな、背徳的な夢を見たような気がした。

朝が、悪夢を忘れさせた。

哲郎は、不きげんに押し黙っていた。私と目を合わせようとはしなかった。そのくせ、私がほかのものを見ているとき、その視線は、私を掠《かす》めた。

私は、ふと、昨夜の夢を彼にぬすみ見られたような気がして、耳が熱くなったけれど、もちろん、そんなことはあり得なかった。私が悠司の耳にそそぎこんだ言葉を洩れ聞いたのだと、少したってから気がついた。私はもう、哲郎の言ったことを、あまり気にかけなくなっていた。哲郎をこけにするようなことを、悠司に思いきりぶちまけて、気が晴れたからだろう。調子にのって喋りまくったので、どんなことを言ったか、一々おぼえていなかった。哲郎が悠司のようにはげしくないのは事実だから、嘘を言ったつもりはなかった。

村上をむかえに行くと言って、哲郎は、〈ルクスワー〉のエンジンをかけた。

私は、村上が到着したとき、すぐ汗を流せるように、風呂に水を入れていた。

「兄貴、出かけたよ」

「二時間はかかるわね。Nの駅まで行って、いっしょに帰ってくるのに」

その二時間が、私と悠司に残された、最後のときだと、私は思った。

村上がやってくれば、私たちは、夫と妻と息子たちという図式の中で暮らすことになる。そうして、夏が終わり、東京に帰ってからも、私は、もう、その図式の中に甘んじるのではないかという予感がした。

「さあ、悠ちゃん！」

私は、服を脱いだ。思いきり、羽目をはずさずにはいられない。

悠司は、とびこんできた。

私の昂まりは、悠司につたわった。


「ブランコで、もういっちょう、いこうや」

再び勢いづいてきた悠司は、誘った。私は、床に仰向いたまま、首を振った。

あそこは、哲郎との場所だ——という気持があった。

「そんな時間、ないわ」

ちぇっ、しらけるな、もう。

「そろそろ、お父さんを迎える仕度をしなくてはいけないわ」

そう、口にしながら、私は、起き上がるのがおっくうだった。大げさに言えば、一生使う分のエネルギーを使い果たしたといった気分だった。

「いいよ、いいよ。しらけさせてくれちゃって……」

悠司は、すねた顔で起き上がった。私の言葉が、彼の再度の昂まりに水をさしたようだ。しばらく、つまらなそうにしていたが、ふと、立って、ヴェランダの方に行った。

「どこに行くの?」

私は、ものうく訊いた。

「親父が来るまでに、やっておくことがあるんだった」

あんたが、思い出させちゃったんだよ、親父のことなんか言いだして。

私は、目を閉じ、顔の上に腕をのせた。

——起きて、服を着なくては……

けものが吠えるような悠司の呻きがきこえたのは、その時だった。

はね起きた私の目に、ヴェランダに倒れ、床を掻いて苦しむ悠司の姿がうつった。

9

村上と哲郎が到着したことも、村上が私を責めたことも、悪夢の中のできごとのように、私の傍を通りすぎた。

短い間、私は失神していた。顔に水をかけるという村上の手荒い処置が、私の意識をひき戻した。

悠司の躰はベッドに横たえられ、毛布がかけてあった。顔は、布でおおってなかった。

傍ににじり寄ろうとするのを、村上が、腕を摑んで引き止めた。

青酸性毒物による中毒死だと、村上は、再び言った。失神する前に、私は、たしか、その言葉を村上からきいていた。

解剖してみなくても、毒死の徴候ぐらいはわかると、村上は、私がまるで彼の言葉を疑ったかのように、強く言った。青酸カリ中毒の場合、特有なアーモンド臭があるということは、私も知識としては知っていたけれど、実際の死に直面して、とてもそんなものを嗅ぎわける余裕はなかった。

青酸性毒物は、服毒後死亡まで、数秒から、せいぜい数分という猛毒だ、カプセルに入れて飲ませれば、薬物の作用がはじまるまで時間がかかるけれど、悠司が、カプセル入りの薬を飲むことはなかったはずだ。お前以外に、犯人はいない。

私の躰には、服が投げかけてあった。私は、服をはぎとるように捨てた。

どのようにして悠司に服毒させたのかはわからないけれど、それを行なったのは、哲郎のほかにはいない。

私は、哲郎と二人きりに――いや、悠司の躰をまじえて、三人きりになりたかった。悠司に殺意を持ったことを、哲郎は、前に、私に告げていた。その殺意を、ばかばかしいと捨てたことも。

哲郎が、私に手をのばした。私は、その手を握って立ち上がった。

「どこへ行く」

「悠司を殺したのは、ぼくですよ」

哲郎は、振り向いて、父に告げた。

「この女を、かばうつもりか」

おまえに、やれたはずがない。おまえは、ずっと、私といっしょだったではないか。

「ヴェランダに、空きびんがころがっていませんでしたか、〈硫酸〉の」

びんはなかった。

「それじゃ、悠司が倒れたはずみに、谷に落ちたんだな」

注意深く見れば、ヴェランダの板に、酸で腐蝕された痕を見出したのだろうけれど、私は、それどころではなかった。

「硫酸のびんと、ある薬品を渡して、ハチを殺せと、ぼくは悠司に言ったんですよ。ヴェランダの軒下に、スズメバチの巣がある。今日、はじめてみつけたように悠司には言ったけれど、実は、この前来たとき、気がついたんです」

哲郎は、私に話していた。話しながら、少しずつ、私を引き寄せた。

「だから、ぼくは、あいつをここに呼んだんだ。ハチの殺し方を、ぼくは悠司に教えてやった。硫酸にこの薬を入れて、ハチの巣に近づけろ。何の薬か、名前は言わなかった。薬は、青酸ソーダです。硫酸に青酸ソーダを投じると、どうなるか知っていますか。シアン化水素——つまり、猛毒の青酸ガスを発生するんです。致死量〇・〇六グラム。吸いこんだら、ひとたまりもない」

何の薬？　と、悠司は訊いた。哲郎は、でたらめな薬品名を告げた。虫に詳しい哲郎の言葉を、悠司は、簡単に信用した。

「ぼくは、悠司に言った。人間には害にはならない。薬が古くなっていて効かないと、単にハチを刺激して怒らせるだけで危険だ。ちょっとにおいを嗅いでみて、つんとくるようなら、大丈夫だってね」

兄貴、やってくれよ。

彼女が笑ってたぜ。おまえ、ハチっていうと、からきし意気地《いくじ》がなくなるって。まだ、赤ちゃんなのねって。

ちきしょう！

それじゃ、おれ、親父を迎えに行ってくるからな。親父が来るまでに、ハチの巣、しまつしておけよ。

「哲ちゃん、あなた、そんなに……悠ちゃんが憎かったの？」

哲郎は、私の両腕を、きつく握りしめた。

「言ってください。ぼくは、本当に、駄目なやつなのか。女を満足させられないのか。あなたは、満足したようなふりをしただけで、本当は、悠司のやつに、まるっきり、かなわなかったのか……」

村上は、声も出ないようだった。痴呆のような顔で、私たちをみつめていた。私は、いくらか、悠司の死のショックから立ち直りはじめていた。村上の顔をこっけいだと思う余裕がでてきた。

「哲ちゃん、どうして、白状してしまったの？　黙っていれば、あなたを犯人とする証拠はないのに。私が疑われて、警察に連れて行かれるところだった……」

哲郎は、私を愛していたのではないか……と、甘い感情が湧いた。自惚れだったらしい。

「自分の手で直接殺すのはいやだったし、死ぬところを見たくなかった。だから、こういう方法をとったので、アリバイを作るためじゃありません」

「あの人の前で、こんなことを喋ってしまって、いいの？」

「かまやしません。親父は、ぼくを告発する勇気はない。あなたのことだって。スキャンダルは、村上利之氏の、もっとも恐れるところだ。悠司の死は、心臓麻痺か何かでかたづけられる。死亡診断書を書くのは、親父なんだから」

哲郎は、私の腕をとったまま、歩きだした。

「彼は、あなたを離婚することだって、できやしない。少くとも、ここ当分の間はね」

村上は、動かなかった。目を見開いたまま、躰をこわばらせていた。

「怖くないの、哲ちゃん？　あなたは、人を殺したのよ」

ブランコへの山道を、哲郎に手をとられて下りながら、私は訊いた。声が、少し震えた。

「どんなにか怖いだろうと思っていた。でも、なぜだろう。ちっとも怖くない。悲しくもない。それが、かえって、ぼくは怖いくらいだ。今なら、ぼくは、どんな恐ろしいことでも平気ででききるって気がする」

私たちは、ブランコに並んで腰を下ろした。私の理性は抗《あらが》っていた。いま、ここで哲郎に抱かれたりしたら、それは、とめどない堕落のはじまりになる。

哲郎は、私に確認させたがっている。彼が男だということを。おそらく、哲郎の一番根強いコンプレックスは、セックスの点で、弟にかなわないと思いこんでいたことなのだろう。

哲郎は、ブランコに私を横たえた。やわらかい風が、ブランコをゆすった。いけないわ、こんなのはいや。そう言いながら、彼を迎え入れようと、静かにひらいてゆく自分のからだが、おそろしかった。

そのとき、私は、足音を聴いた。目を上げて、はじめて、真の恐怖が私を捉えた。夫の手に、薪割り用の鉈《なた》があった。鈍く、光っていた。

私は叫んだ。叫びつづけた。言葉にならない悲鳴を。

ブランコが、がくんと揺れた。なま暖い血が、私を包んだ。私の上の哲郎の躰が、ふいに、重くなった。

にぶい光が、もう一度、弧を描いた。

風が、止んだ。

試罪の冠

1

団地の少年たちのあいだに、奇妙な服装がはやりはじめた。

彼らは、パンツ一枚の裸体を、四角い布でおおった。

赤茶けた色の布が好まれた。適当な布が手に入るとはかぎらないから、古いカーテンを利用したり、シーツを器用に染めて用いるものもあった。

布は胸の方に垂らし、二つの隅を肩から背にまわして結ぶ。右の肩から左の腋《わき》の下に、ななめに布を巻きつけるものもいた。

もちろん、学校にそんな恰好でかようわけではない。日が落ちるころになると、シャツを脱ぎ捨て、原始人に変身し、団地のはずれにある小公園に集まってくるのだ。

おかしなことがはやりだしたと笑いながら、母親たちは、はじめのうちは、さして気にもとめなかった。十数年前には、小さい子供たちのあいだで、風呂敷をマントのように肩にかけ、ひるがえしながら走りまわるのがはやったことがある。TVの番組の影響だった。一見平凡な人間が、〈悪人〉を打ち倒すとき、超人に変身する。当時人気のあった超人は、なぜか、マントを身にまとうのを常としていた。子供たちは、風呂敷のマントで空中飛翔の能力を持ったような気分になり、とくい顔ではねまわった。

それと似たような現象だろうと、大人たちは思った。いくらか違うのは、少年たちの年齢が、マントを着てとびまわった子供たちよりは、かなり高いこと、TVに、このような流行を触発しそうな番組はなかったことなどであった。

リーダー格の少年がいた。もう、少年とはいえない。瘦身《そうしん》の、貧相な若者だった。団地の主婦たちは、彼をよく知っていた。無害な、おとなしい若者だった。牛乳屋に住みこんでいた。地方の農村出身のせいか、若い主婦にからかいぎみに話しかけられると、蒼黒い頰をむらさきに染め、口ごもり、どもった。

眼窩《がんか》がくぼみ、鼻翼がはり、唇があつぼったい顔立ちだった。上背はあるが、必要なだけの肉もついていないので、いかにも頼りなくみえた。

しかし、少年たちは、彼をリーダーにたてていた。

団地の主婦たちが数人、夕暮れ、買い物の帰り、彼らの傍を通りかかった。公園は一番奥まったところにあるので、彼女たちの通り道にはなっていなかった。好奇心を持ったものが、少し、まわり道をしたのである。

若者を中心に少年たちが集まっている和《なご》やかな光景は、彼女たちの微笑を誘った。

ああいうふうに、年下の子しか仲間に持てないのは、気が小さくて、社会に適応できないタイプよ。したり顔に、言う者がいた。同年輩の者には、威圧を感じて、つきあえないのよ。牛乳配達の若者のことをさしていた。

まるで、土人ごっこね。

土人という言葉は、このごろは使ってはいけないらしいわよ。民族に対する侮辱だって。日本人も、スペイン人やオランダ人から、土人と呼ばれた時期があったんですってね。

買物籠をさげた主婦たちの話は、じきに、ほかの話題にうつった。話さねばならないことは、身のまわりのことだけでも、いくらでもあった。喋りながら、遠ざかった。

若者は、砂場のわきに、地面に尻をついて、あぐらをかき、楽器を鳴らした。楽器といっても、手作りの、ごく簡単なものだった。平らな木片に、弾力のある金属の細片の一端を、十本ほど並べてとめたもので、親指ではじくと、長さによって、異なった音色を生じた。複雑なチューンは奏でられない。ビュン、ビュン、と、素朴な音をたてた。音にあわせて、少年たちは、円陣を作り、かけ声をかけながら、躰をくねらせた。かけ声は、次第に間隔がせばまり、少年たちの額に汗がにじみ、陶酔が彼らの表情を相互に酷似させた。

ときとして、若者は、木製の浅い盆を膝の上に置き、少年たちは、真剣な表情で、まわりを取り巻いた。盆の中には、こまごました物が入っていた。メンコ。ビー玉。貝殻。小さい粘土のかたまり。木片を刻んだもの――それは、稚拙だが蛇の形をしていた。若者は、箕《み》をふるうように盆を動かし、中の品物の位置を見さだめて、低い声で託宣《たくせん》を告げた。少年たちは、託宣の内容によって、怯《おび》えたり、喜んだりした。

やがて、母親たちは、少年たちのやり口が、彼女たちの許容範囲をこえていることに気づいた。いつのまにか、少年たちは、布の下に、文明の象徴であるパンツをはくことをやめてしまった。うしろから見ると、尻の割れめがむき出しだった。母親の介入する余地がない集団行動も、彼女たちを不安にした。

草野球にでも夢中になられた方が、多少金はかかるけれど、はるかにましと思われた。ユニフォームを買ってあげるから。新しいグローヴを買ってもいいから。

少年たちは、シャツと半ズボンを身につけるようになった。若者は、しばらくの間、一人で手作りの楽器をもてあそんでいたが、そのうち、公園には来なくなった。

朝早く、牛乳を配達してまわるだけの、何のへんてつもない若者にもどった。

少年たちは、ほとんど抵抗を示さず、母親の命令に従った。奇妙な遊びは、団地から消滅した。しかし、結社は、地下にもぐった。

2

電話のベルの音は、早穂子《さほこ》に、いつも軽い衝撃を与える。あまりにけたたましく、しかも、何の前触れもなく、突如として襲いかかってくるからであった。鳴り出した瞬間、ぎくっとする。心臓の鼓動がはげしくなる。だから、アトリエには電話をひいてない。

居間で、高校二年になる娘の藍子《あいこ》と共に、ＴＶを観ながら夕食をとっているとき、その電話はかかってきた。ベルが鳴ったとたんに、いやな気分になったけれど、それはいつものことで、特に不吉な前兆をおぼえたからではなかった。

藍子が、先に立って、電話口に出た。

「ママによ。沖本さんて方から」

早穂子は、膝にのせていた飼猫を床におろし、受話器を受け取った。

「電話、かわりましたけれど」

「河野早穂子さんですね」聞きなれない男の声だった。

「はい」

「沖本です」

「沖本さんとおっしゃいますと……」

「律子は死にました」

えっ？　と、早穂子は聞き返した。それと同時に、相手が、沖本律子の夫だと思いあたった。

「いつ、どうして、おなくなりになったのですか。御病気だったのでしょうか。少しも知らなくて……」

「いいや、病気ではありません」

「では、自動車事故？」

「毒を飲んだのです」

「自殺！」思わず、叫んだ。その高い声に、藍子が、驚いて腰を浮かした。

「いったい、どうなさったのですか」

ありえないことだという気はしなかった。

「夜分、申しわけありませんが、律子に会いに来てやっていただけないでしょうか」

沖本の語調は、ていねいだが、押しつけがましい強さがあった。死んだと言いながら、律子がまだ生きているような言い方だった。

「うかがいたいことがあるのです。本来なら、私の方から出向くべきなのですが、律子の傍を離れるわけにはいきませんので」

「あの、律子さん、おなくなりになったと……」遺体の傍につき添っているという意味かと、納得した。息をひきとったばかりなのだろうか。

律子の家の住所は知っていたが、訪れたことは、まだなかった。上石神井・善福寺の傍の団地だ、と、沖本は道順を告げた。早穂子は、壁の時計に目をやった。八時に近い。まもなく、夫が会社から帰宅する時間だった。詳しい事情は、会った上で話す。恐縮だが、ぜひ来ていただきたい、と、沖本は強引だった。

電話が切れてから、ママの友だちがなくなったの、お通夜に行ってくるから、留守番していてね、と、早穂子は、藍子に言った。

「友だちって、どなた?」

早穂子は、少しためらってから、「沖本律子さんよ」と告げた。

「ああ、あの、ギンの子どもを殺した人!」藍子の語気が強くなった。ソファの隅に躰を丸めている猫に目をやった。〈ギン〉は、この猫の名前である。「あんな人、大嫌い!」

藍子は、律子に会ったことはなかった。

「そんなこと、言うものじゃないわ。仔猫を律子さんが殺したなんて」

「ママが、あのとき、そう言ったのよ」

藍子は、不機嫌になった。パパが帰ってきたら、夕飯の世話頼んだわよ、という早穂子の言葉に、ぶっきらぼうにうなずいただけだった。

家を出ると、夜の空気の中に、木犀《もくせい》のにおいがただよっていた。早穂子は、小走りに坂道をくだり、バス通りに出て、通りかかったタクシーを拾った。椅子の背にもたれて、大きく吐息をついた。

沖本律子の第一印象は、十六、七の少女だった。腰のあたりまで垂らした真黒な長い髪に、ずっしりした重量感があった。前髪をかきあげ、流行はずれの、リボンのヘヤバンドでとめていた。パフスリーヴ、ミモレの、裾にフリルのついたワンピースを、好んで着た。色白で硬質な感じを与える肌のせいもあって、膝の上に手を重ね、身じろぎもせず椅子に腰かけているときの律子は、等身大の人形のように見えた。

人形というものは、愛らしくはあっても、しなやかな敏捷《びんしょう》さは持ってはいない。律子は、少女めいてはいるが、〈少女〉にそなわった大気の精《ジルフェ》のかろやかさはなく、むしろ、いくぶん鈍重な感じだった。いささか古風な瓜ざね顔は西洋人形のような服より、和服——いや、それよりも、天平時代の、裳《も》をひいたあの衣裳が、一番似合いそうだった。

ミモレもパフスリーヴも、いまの流行なのに、律子がそれを着ていると、大正時代のハイカラさんといった印象でもあった。

あなたを見ていると、不思議の国のアリスの挿絵を思い出すわ、服と髪のスタイルのせいかしら、と早穂子が言うと、そうですか、と、律子は、笑った。

銀座の小さな画廊で早穂子が油絵の個展をひらいたとき、ふらりと入ってきたのが律子だった。そのときも、不思議の国に迷いこんできたアリスといった恰好だった。まだミニスカート全盛のころだったので、律子のミモレのワンピースは、早穂子の目には、妙に古めかしくうつった。戦後まもなく、足のくるぶしまで届くようなロングのフレアスカートがはやった時期があった。そのころが、早穂子の少女期だった。だから、ミニは、早穂子にはとびきり新鮮に感じられるが、ロングやビッグは、どうかすると、パンパンのイメージに結びついてしまうのだ。律子の古風なミモレは、早穂子に、少女期の世界が次元を越えてふたたびあらわれたようなアナクロニズムを感じさせた。

部屋の中央に立って躰を一回転させれば、全部見わたせてしまうような小さな画廊だった。陳列したタブローの数も多くはなかった。しかし、早穂子にとっては、はじめての個展であり、せいいっぱいの努力の結晶だった。

画廊は、銀座の陶器店の二階にあった。狭い急な階段を、無名のアマチュア画家の絵を観るために、わざわざのぼって来てくれる通行人は、ほとんどいない。初日に知人や友人が景気づけに訪れただけで、二日めのその日は、一人の客もなかった。覚悟したことではあったけれど、侘《わび》しくもあった。

早穂子は、隅の椅子に腰をおろしていた。湯呑みに半分残った茶は、とっくに冷えていた。どんよりした天候のせいか、室内の空気も、湿気を含んで重かった。ささやかな個展だが、早穂子にとっては、大変な仕事だった。作品を仕上げるという本来の作業のほかに、会場の選定、案内状のデザイン、安い印刷屋をさがして、更に値引きの交渉、案内状の発送、作品の搬入、レイアウト、すべて、ほとんど一人でやらなくてはならなかった。準備にかかっている内は無我夢中だったが、やっと開催にこぎつけてみると、かえって、気落ちしてしまった。これまで、ほとんどが独学に近いやり方で描いてきたので、早穂子には、仲間と呼べるものがいなかった。前日来てくれた知人たちは、絵に興味があるわけではない。その上、彼女の絵は、家庭の居間に飾るには、あまりにグロテスクすぎた。彼らは、一目見て、とまどい、大変だったでしょうというようなねぎらいの言葉以外に、何と言っていいかわからないようだった。

律子は、ゆっくりした足どりで階段をのぼってきた。早穂子には目をむけず、絵を眺めはじめた。おざなりな態度ではなかった。

いいわア。律子は溜息をついた。

ありがとう。早穂子は、思わず、声に出して言った。何の義理も縁故もない赤の他人が作品を気に入ってくれたということは、時によっては、高名な批評家のほめ言葉より、心にしみて嬉しい。

「河野早穂子さんですか」律子は、河田——と言いちがえ、あやふやに言いなおした。入口に〈河野早穂子個展〉と記した札を出してある。律子にとっては、むろん、はじめて見る名前であった。

「おかけにならない？」前の椅子を、早穂子はすすめた。

律子の髪は、少し濡れていた。服の肩にも雫のあとがあった。雨が降りだしたので、雨やどりの時間つぶしに、ここにのぼってきたのだなと、早穂子は思った。

「気にいってくださったようね」

「好きなんです、こういうの、すごく」律子は、一言一言に力をこめた。

話しあってみると、律子の好みは、早穂子のそれと、一つの幹から別れ出た二本の枝のように、同質だった。好きな画家や作家の名をあげれば、ぴたりと一致した。グロッタ、あるいはシュール・リアリズムの愛好者は、その数が少ないだけに、同好の士にゆきあったときの喜びは、ひとしお深い。

ふだんそれほど饒舌《じょうぜつ》ではない早穂子が、熱にうかされたように、とめどなく喋った。律子もまた、同じ思いらしかった。

早穂子は、プロの画家ではなかった。彼女の周囲でかわされる話題は、夫と子供の自慢、安くておいしい料理法、買物の穴場、いずれも、きわめて実用性にとんだ、家庭生活に有意義なものばかりであった。そして、早穂子はといえば、日常生活に役に立たないものにしか興味がなかった。

青くさい観念的な話も、律子を相手なら、てれくさい思いをせずに喋れた。早穂子はいつか、律子が、タブローを通して早穂子に対して抱いたであろうイメージに、自分自身をはめこもうと、いっそう激越な喋り方になっていた。

グロッタの絵の作者は、円満な常識人であるべきではなかった。

モラルなんて、社会生活の運営をスムーズにするための、いわば、方便みたいなものだわ、と、調子にのって早穂子が言えば、そうですよ、不変の絶対的なモラルなんて、存在しません、律子は、熱心に言葉をあわせた。

このとき、早穂子は、かすかなたじろぎを心の中に感じた。自分が、口で言うほどには、アモラルな行為に対する許容度が高くないことを、自分で承知していたからだ。

しかし、律子の讃嘆をこめた同意は、早穂子を快くくすぐった。

観念の世界においては、アモラルな行為は、卑小な日常性の羈絆《きはん》を断ち切る、妖《あや》しい輝きを帯びた鋭利な兇器であった。

律子は、いつのまにか、早穂子の隣の椅子に移っていた。手を絡《から》ませあっていた。饒舌は、ときに、酒精や媚薬《びやく》と同様に、人を酔わせる。早穂子は、会話に酔っていた。奔放な思想の持主であるかのように語り、律子は、うっとりと早穂子を眺めた。

心にもない嘘を語っているのではなかった。アモラルな生き方は、常識の枠に守られ平穏無事に生きる早穂子の、憧れのようなものだった。

喋っている間に、早穂子は、自分が真実奔放自由な人間であるかのような錯覚に陥《おちい》っていた。律子の唇が近づいていた。磁力で惹《ひ》き寄せられるように、早穂子は、律子の唇に触れた。何かを踏み越えたと感じた。律子の唇は、柔く早穂子の唇をくわえこみ、かすかに残っていた彼女の理性を融《と》かした。

そのとき、早穂子の脳裏には、若い娘と少女がけだるく絡みあう、ソフトな色調の構図があった。もし、第三者の目が冷静にこの光景を見すえていたら、まことに醜悪なものであったに違いない。早穂子は、どんな悪徳にも美のヴェールをかぶせる若さの特権をすでに失なっていた。

唇が離れたとき、律子は、早穂子の左手に触れた。

「結婚していらっしゃるんですね」

早穂子は、どぎまぎし、ひどく恥ずかしいところを見られたように赤面した。

「そうよ」

「私も結婚しているんです」律子の左手の薬指には、指輪はなかった。「一人で外出するときは、はずすんですよ」律子は、肩をすくめ、くすっと笑った。早穂子も笑い、二人は共犯者の気分を味わった。

3

個展は、五日間だった。残りの日、律子はあらわれなかった。会期が終わり、タブローを壁から取りはずし、早穂子は家庭に戻った。

早穂子は、いっそう虚脱したような気分になっていた。ひどく淋しかった。夫や子供の存在では埋めることのできない淋しさだった。

早穂子がアトリエに使っているプレハヴ小屋は、狭い庭の半ば近くを占領している。早穂子以外の者には、いかにも目ざわりな小屋である。

母屋は建売りの平家で、粗末な建築だが、室数は四間ある。一室を画室にあてられないことはないのだが、紙の襖一つで仕切られた和室は、家全体と有機的につながっている。家人は、いつでも、まるで間仕切りなど存在していないかのように、室内に踏み込んでくる。自分だけの世界に没頭することは許されない。アトリエを持つということは、アマチュアであり、自分自身の収入源を持たない早穂子には、きわめて大きな贅沢だった。建築費を捻出するために、早穂子は、近所の幼児を日中あずかるバイトをしたり、学習塾の採点の手伝いをしたりしたのだった。

そうまでして獲得した愛着のある小屋だったが、個展のあとしばらく、早穂子は、絵筆をとる気にならなかった。

個展を開くということは、自分の仕事の成果を世に問いたいという自己顕示欲が、大なり小なりあるからだ。専門家に相手にされないことは最初から覚悟していたけれど、あまりの手応《てごた》えのなさに、早穂子は、胎児を死産したような気持におちいらずにはいられなかった。

ただ一日、未知の少女が——律子が——ふらりと迷いこんできたあの日だけ、早穂子の胎児は健やかに誕生し、産声をひびかせたのだった。

いや、律子は、十代の少女ではなかった。甘ったるい、人形めいた服装が与える印象よりは大人であることを、早穂子は、会話のうちに察していた。

律子の住所と電話番号を、早穂子はきいて書きとめておいた。会いたいと、電話をかけようかとも思った。しかし、二つの怖れが彼女をためらわせた。一つは、会えば、律子の唇に触れずにはいられなくなるだろうという危惧。アモラルな行為は、決して絶対的な悪ではないと、理屈の上では主張しながら、それは、彼女にとって、やはり堕落であった。もう一つの怖れは、彼女がそういう常識的な人間であることを、律子に見すかされ軽蔑されるだろうという思いだった。せめて、律子の抱くイメージの中においてだけでも、早穂子は、勇敢な背徳者でありたかった。

子供を学校に、夫を会社に送り出したあと、早穂子は、庭に面した居間のソファに寝ころがっていた。

木蓮《もくれん》がやや盛りを過ぎ、赤紫の萢《はなびら》は、白い腹をみせて垂れさがっていた。

早穂子の夫は、野鳥の餌づけに興味を持ち、毎朝、忘れず庭にパン屑を撒《ま》く。早穂子と藍子が食べ残したパンの耳を、丹念に料理鋏で切り刻み、固くなったチーズの端を、これも几帳面にあられ切りにし、混ぜ合わせたのを撒いてやるのである。背を丸め、芝生にパン屑を撒いている後ろ姿を見るのが、早穂子はきらいだった。

鳥が集まって来てパン屑をすっかりついばみ終わるまで、ギンを室内に閉じこめておかなくてはならないというわずらわしさもあった。

今、パン屑は食べつくされて、一かけらも残っていない。

電話のベルが鳴った。みぞおちが、ずきん、とした。

「律子です」電話の声は言った。「会いませんか」

「会いましょう」答えながら、早穂子は、そそくさとエプロンをはずし、どの服を着ていこうかと考えていた。

禁じられた行為を敢《あえ》て行なうとき、吐き気に似た、生理的な不快感があった。観念の世界であれほど美しかった兇器は、現実の肉体を持ったとたんに、変貌した。

白昼だが、ホテルの窓は、厚いカーテンで閉ざされていた。間接照明のライトは、青みを帯びていた。律子の肌が、思いのほかに弾力を失なっていることを、早穂子は手ざわりで知った。律子は、裸体を見せようとはしなかった。胸の曲線、細くしまったウェスト、くりっと上にあがった尻。それらは、ボーンの入った下着でかなり強制的に作られたものらしかった。腹部の肉は、いくらか、たるみ、股間の部分だけが、童女のように滑らかだった。

弱みを見せないために、早穂子は耐えた。律子もまた、自分の観念の世界を現実で裏打ちするという大義名分のために、ある程度、むりしていたのかもしれない。

しかし、二人が得たのは、もちろん、純粋な不快感ばかりではなかった。一度乗り越えてしまえば、不快感は、急速に弱まり、その分、他の感覚が躰の中にみちた。

正常な行為と異なり、際限なく持続させ得る性質のものだった。二人は、大人に内緒でいたずらをする幼児のように、くすくすと、ひそめた声で笑いあった。

家に帰りつき、台所の流しの前に立ち、朝から洗い桶につけっ放しになっていた食器をかた

づけながら、

――もう、止めよう。

早穂子は思った。

夕食の仕度をしようと、野菜を刻みはじめたが、ふいに手をとめて、寝室にあててある六畳に走りこんだ。

障子を閉め、早穂子は、服を脱ぎ捨てた。姿見の前に立った。子供を産んだことのない律子の乳頭は、見せてはくれなかったけれど、手ざわりでは、小指の頭の半分もなかった。母乳で藍子を育てた早穂子の乳頭は、紫色にこわばっていた。

早穂子は目を閉じ、手で躰をさぐった。手は、律子の手になっていた。この肌に触れたとき、律子の手は、何を感じたのだろう。

早穂子は、脱ぎ捨てた服を胸にかかえこんで、風呂場に走って行った。シャワーを頭から浴びた。水温を高くし、火傷《やけど》しそうな熱い湯で、肌を打った。


その後、二度ほど、律子から電話がかかってきた。律子と過した時間の記憶には、快感と不快感が、ないまぜになっていた。両者のバランスは、シーソーのように、たえず動いていた。

律子の電話は、二度とも、ちょうどあの記憶をひどく不愉快に思っているときに、かかってきた。早穂子は、誘いをことわったが、それでも、律子と喧嘩別れする気はないので、ことわり方は、ひどく、もってまわった、いいわけがましいものになった。早穂子は、尻ごみしながら、律子の抱くイメージの中では、ひきつづき、華麗な背徳者であることを願っていたのだ。

律子からの連絡はとだえた。

早穂子は、キャンバスにむかう情熱が失せていた。日常的なものへの造反が、彼女に絵筆をとらせる原動力になっていたのかもしれない。それが、ほかの形で激越にみたされてしまって、早穂子は、ひどく無気力に懶惰《らんだ》になっていた。

夫はあいかわらず、鳥にパン屑を与えることを怠らない。

木蓮は、葩が散ると、急に葉がいきおいよく茂りはじめて、梢は緑におおわれた。

玄関のチャイムが鳴った。

ドアを開けると、逆光の中に、シルエットとなって、少女が佇んでいた。ひろいつばが、やわらかく波打ったハットが、顔に翳《かげ》をつくっていた。モスリンのような布地の、白いワンピースは、いつものように、ふくらはぎの半ばをかくし、漆黒の髪が、力強く背に流れていた。

「よく、ここがわかったわね！」

「迷いながら、迷いながら、来たんです。私、迷児になりそうでした。もう、どこへも帰りつけないのではないかと思いました。疲れてしまったわ」

「おあがりなさいな」

「アトリエの方がいいわ」

早穂子は、耳たぶが熱くなった。すばらしいアトリエのように、描写してあったのだ。殺風景なプレハヴ小屋だとは話してなかった。

「いいわ。庭にまわってちょうだい」

どうせ、居間に通したところで、アトリエの外観は丸みえだ。

二坪ちょっとのプレハヴ小屋は、物置にまちがえられかねない。しかし、律子は、失望した様子はみせなかった。汚れた床にじかに腰をおろし、シュールの画家たちの画集をひろげ、満足そうに呻《うめ》いた。

「すてきですね」お世辞にはきこえなかったので、早穂子は、単純に喜んだ。

最初に出会ったときのような熱意はなかったけれど、二人は、また言葉のもてあそびに時を過した。ハットを脱ぎ、喋りはじめると、清楚な少女といった印象が薄れた。

「先生はね」と、律子は、自分の夫のことを呼んだ。「先生は、すごく寛大なんですよ」

「先生って、どうして呼ぶの？」

「彼、私の先生だったんです。家庭教師してくれてたの」

私、風が吹くと、とても怖いんです。そんなことを、律子は言った。

風が荒いと、もう、怖くて、たまらなくなってしまうの。昼間、うちの中に一人でしょう。先生は病院だし。

「先生は、お医者さんなの?」

「ええ。病院勤務です」

それでね、風が荒いと、私、うちじゅうの窓をきっちり閉めて、どうかすると、雨戸も閉めて、一人で泣いているんです。

私ね、東京の電車、怖いんです。窓が、きちっと四角いでしょう。私、関西の出身なんです。関西の電車はね、やさしいんですよ。窓枠の角が、丸くなっているんです。

とりとめなく、律子は話した。ちょっとした思いつきを、大げさに修飾して喋っているのかもしれないけれど、律子の表情は真剣だった。まるで何かに憑かれたような目で訴えるのだ。それは、意地悪くとれば、自分の感受性の異常さ繊細さを誇示しているようにもみえた。窓の隅が四角くとがっているのは、電車に限らない。角ばった窓が怖いなら、銀座のビル街など、歩けたものではない。そう思いながら、律子の異様な感じ方を、早穂子は内心羨《うらや》んでもいた。絵の発想に、常識を越えたものを求めていたからだ。

その日、律子は、ただ喋っただけだった。手を握りあうこともしなかった。早穂子の気持が一歩後退したのを敏感に感じとったのだろう。律子は、動作は、運動神経が欠如しているように鈍いが、早穂子の心の動きをよむのはすばやかった。

話がとぎれたとき、律子は、歯の間からススと掠《かす》れた音を出すやり方で、口笛を吹いた。聞いたことのない節だった。

「何の歌？」

「サンザって楽器知ってます？」私の問いにすぐには答えず、律子は、逆に問いかけてきた。

「知らないわ」

「ジャッコが、サンザをかき鳴らして、私たち……」律子は、単調なメロディを、今度は、ヨーデルのような裏声を混じえてハミングした。一人合点で飛躍するので、律子の話についてゆくのに骨が折れた。謎めいた話し方に興味を持って問いただすのは、彼女の思う壺にはまるようでしゃくなので、早穂子は、黙った。

律子の方から、大切な秘密を打ち明けるように、「ジャッコは、結社の首領です」

へえ、と、早穂子は、かるく受け流した。律子は、ちょっと唇を噛み、話をそらせた。

「律子さんて、いったい、いくつなのかしら」

「あ、早穂子さんが、そういうくだらないことを訊くんですか」

あたし、子供ですよ、と、律子は、言った。

話はとぎれがちになっていた。一つの話題が長く続かず、二人の言葉は嚙みあわないで、か

って な方向にそれた。しらけた沈黙の時間を、二人はもてあました。

部屋の隅に目をやって、律子は、ふっと眉を寄せた。

「猫ですか」

「そう。ギンていうの」

キャンバスをたてかけたかげが、ギンの産室になっていた。ぼろ布を敷いた箱の中に横たわったギンの腹に、三匹の仔猫が、ぴったりとくっついていた。昨夜生まれたばかりで、まだ目も開いていない。

ギンは、藍子が道で拾ってきた捨て猫だった。早穂子は、人間の赤ん坊は好きではないが、猫や犬は嫌いではない。しかし、早穂子の夫は、猫嫌いだった。ギンのおかげで、野鳥が思うように集まらないとぶつぶつ言う。それでも、一人娘の藍子の要求は何でも聞きいれる。ギンが孕《はら》んだのを知って、居間で仔を生ませるのだけは止めてくれと言った。あの血なまぐさい臭いはたまらん。それで、早穂子は、ギンをアトリエに閉じこめ、キャンバスのかげに産室を与えた。早穂子も、内心、仔猫が生まれたら厄介《やっかい》なことだと思った。血統書つきの仔犬や、猫でもペルシャ猫、シャム猫の仔なら、貰い手はいくらもあるが、ふつうの猫の仔は、なかなか飼い手がみつからない。猫はきらいではないといっても、五匹も六匹もうろうろされるのは、かなわない。ギン一匹でも、かなりわずらわしいときもある。

「猫、嫌い？」

「あまり、好きじゃないですね」律子は言った。

「でも、猫って魔性よ。魅力的じゃない？」

「あまり性があいすぎて、いやなんですね、きっと」

三時間ほどいて、律子は去った。

律子を見送ってから、茶器をかたづけようとアトリエに入った早穂子は、ギンが仔猫の首をくわえてうろうろしているのを見た。

「ギン、おとなしく、あそこにいなくてはだめよ」

ギンは、早穂子の足の脇をすり抜け、ほかの、キャンバスがたてかけてあるかげにもぐっていった。早穂子は、ギンの産所をのぞいた。仔猫がまだ一匹残っていた。手を触れて、ぞっとした。仔猫の躰は、まだやわらかいが、体温は冷えきっていた。手にとってたしかめるまでもなく、死んでいた。

早穂子は、いそいで、ギンのいるキャンバスのかげをのぞいた。ギンは、仔猫の躰をしきりに舐めていたが、早穂子がのぞきこむと、フーッと歯をむいて威嚇《いかく》した。その足もとに、もう一匹が、ぐんなりころがっていた。どちらも、手を触れてみると、冷たかった。怒ったギンに、早穂子は、手の甲をひっかかれたのだった。

4

団地の一棟の前で、タクシーは止まった。料金を払って車を下りる。建物のいくつも並んだ窓は、カーテン越しに光が洩れていた。団地の住人は、いっせいに、TV番組に見入っている時間なのだろう、敷地には、人の姿は見られなかった。建物の入口の傍に、一人だけ、若い男が佇んでいた。長髪の若者は、おちつかない足どりで、入口の前の道を行ったり来たりしていた。車を下り立った早穂子を見ると、建物のかげに走り去った。階段をのぼる早穂子の足音を聞きつけたと見え、沖本が、出迎えに降りてきた。二階と三階の間の踊り場で、早穂子と沖本は出会った。

「河野早穂子さんですね」

「そうです。沖本さんですか」

「どうぞ」

534――五号館、三階、四号室。団地の、番号をうった鉄の扉は、殺風景で侘しい。

玄関の土間に立っただけで、部屋の配置は、ほぼ見当がつく。3DKといった造りらしかった。

沖本とは初対面だが、律子が時折語った言葉から受けた印象と、そうかけ離れてはいなかった。痩身で、きまじめで、いくらか神経質な感じがした。こめかみの毛が、かなり白くなっていた。

律子は、北側の四畳半に、北枕に寝かされていた。顔は白布でおおわれていた。その布を早穂子は取りのぞく気になれず、沖本も、しいて見ろとは言わなかった。長い髪が、扇状にひろがっていた。沖本が、丹念に形づけてひろげたらしかった。

早穂子は、泪《なみだ》が出てこないので困った。ひどく冷たい女だと沖本に思われそうだった。

「ジャッコという名前を、御存知ですか」

沖本は、問いかけた。

早穂子は、顔を上げた。

「毒を飲んでから、律子は、私に電話をかけて来たのです。半狂乱でした。怯《おび》えていました。毒を飲んだ、と、律子は私に言いました。ばか、すぐに吐け。私はどなりつけた。吐いてみたけれど、うまく吐けないと、律子は泣くのです。泣き声の合間にあなたに電話なんかするんじゃなかった、ジャッコを裏切ってしまったと言ったり、怖いから助けてと言ったり、支離滅裂なのです。そのあと、苦痛の呻き声にかわった。私は一瞬迷った。一一〇番に連絡し、救急車で私のいる病院に運ばせるのと、私が車で馳けつけるのと、どちらが速いだろうか。おそらく、前者の方が適切な処置だったろうと思います。しかし、私は、とても、じっと待っている気にはなれなかった。ほとんど、ためらいもなく、私は車を駆《か》った。手遅れでした」

沖本も泪はみせないが、膝頭を握りしめた手が震えていた。

まだ、警察にも知らせてないのです、と、沖本は言った。「律子が自分で毒物を飲んだことは、電話でわかっている。自殺の原因によっては、私は、律子の遺体を解剖に付したりすることなく、そっと葬ってやりたい。私は医者ですから、死亡診断書は、どのようにも書くことができます。律子を死に追いつめたものが何であったか、私は、まず、それを知りたい。まだ調べてないので確定はできないが、毒物は、亜砒酸系のものではないかと思います。あれは、甚《はなは》だしい苦痛を伴なう。律子の躰は……ひどく汚れていました。私は、躰を拭き清めてやった。それから、遺書はないかと探しました、遺書はなかったが、数通の手紙がみつかった。あなたからのものでした」

早穂子は、律子に書き送った手紙の文面を思い出そうとした。

ジャッコとあなたのことは、二人だけの秘密にしておかなくてはだめよ。

早穂子は、幾度か手紙に書いた。

律子がアトリエを訪れた日以来、早穂子は一度も彼女に会っていない。そのかわり、手紙のやりとりが続いた。

「あなたは、律子に男がいたのを御存知なのですね。教えてください。律子は、その男のために、自殺にまで追いつめられたのですか。その男の居場所を、あなたは、御存知ですか」

たたみかけるように、沖本は訊いた。

律子に会うことを止めたのは、早穂子の心に、仔猫を殺したのが律子ではないかという疑いが生じたからだった。薄気味悪い想像だが、律子のしわざとしか考えられなかった。仔猫は、生まれたばかりとはいえ、元気に乳に吸いついていた。三匹が一度に病死するとは考えられなかった。律子が別れを告げる直前、早穂子は、手洗に立っている。プレハヴ小屋には設置していないので、母屋まで行かなくてはならない。その間、律子は、アトリエに一人でいた。

律子さんが絞め殺したに違いないわ。思わず、藍子の前で言ってしまったことを、後になって、早穂子は後悔した。高校生の藍子には、ずいぶんショッキングな事件だった。律子という女が存在することすら、早穂子は藍子に知られたくはなかった。それなのに、つい、うっかり口をすべらせてしまった。律子さんて誰？　友だちよ。さりげなく、早穂子は答えた。残酷なきちがいだわ。藍子はののしった。

気持が落ちつくにつれて、早穂子は、仔猫を絞め殺さずにはいられなかった律子の心情がわかるような気がしてきた。

先生は、子供をつくってはいけないって言うんです。律子は言っていた。

きみの躰の中に、もう一つの生物が棲息するなんて、考えただけで、鳥肌がたつ。先生は、そう言うの。

〝しかも、その生物には、髪の毛が生えているのだからね。胎児の髪は、出産まぎわになっても、たいした量でないことは、ぼくだって承知している。しかし、どうしても、きみのおなかの中に、長い髪の毛が、もじゃもじゃととぐろを巻いている情景が思い浮んでしまうのだよ。〟

私、のどに、ヘヤ・ピースのような髪の毛のかたまりがつかえた感じがしました。自分の黒い長い髪までがいとわしく思われて、根元から断ち切りたくなりました。でも、先生は、私が髪を切るのを嫌うの。長い髪の毛がおなかの中にもじゃもじゃなんて言うくせに、私の髪は、長い方が、先生好きなの。

でも、いいんです。私、小さい子って、ちっとも好きになれないんですもの。私自身が、子供なの、いつまでも。だから、子供はいらないの。

律子は、言った。

先生とはじめて会ったとき、私、髪の長い、少女でした。十二だったかしら……私が高校を卒業するのを待ちかねるように、先生は、私を奪って結婚しました。私、大人になってはいけないの。大人になると、先生に嫌われます。でも、いつまでも子供のままでいるって、楽でいいですよ。私は、我儘に、贅沢に、先生に甘えていればいいんですもの。早穂子さんも、大人になりきれないようなところがあるでしょう。だから、私、話がしやすいんです。ほかの大人のひとは、怖いわ。でも、今日の早穂子さんは、少し大人ですね。

律子は、そんなふうに話したけれど、しかし、自分の意志だけで子供を望まないのならともかく、夫から強制的に妊娠するなと命じられたら、ときには、逆に、欲しくてたまらなくなることもあるのではないだろうかと、早穂子は思った。

仔猫に乳を吸われているギンの姿をみて、律子の心に、一瞬、憎悪が、嫉妬が、たぎったのではないだろうか。

しかし、それが、実際の行動となってあらわれたところに、早穂子は恐怖をおぼえた。

憎らしい、殺したい、と思うことはあっても、実際に殺害という行動をとるには、かなり心理的な抵抗があるはずだ。たとえ相手がねずみ位の大きさしかない、目も開かない仔猫であるにしても。

つづいて、早穂子が先走って考えたのは、もし律子が、私に甘える藍子を見たら……、ということだった。もう、二度と、律子には会うまいと思った。

それとなく、交際を断ちたいとにおわせた手紙を、律子に送った。カンのいい律子のことだから、露骨に書かなくても、意のあるところを察するだろう。彼女のプライドからいっても、自分の方から交際を断つという形を律子はとるだろうと思った。こちらから絶交すると書き送るより、律子の気持を傷つけないだろうという配慮があった。

思いがけないことに、律子は、綿々とした返書を送ってきた。猫については、一言も触れてなかった。何か気にさわったらしいが、会うのがぐあい悪いなら（——早穂子は、藍子の目をはばかるということを、絶交の一つの理由にあげたのだ）手紙のやりとりだけでも続けてほしい、話したいことはいっぱいあるけれど、ほかに、こんな——いままで早穂子さんと話したような——話ができる相手はいない。団地の奥さんたちとはつきあえない。壁の中に一人で閉じこもっていたら、私、頭がおかしくなってしまう。

律子の望みにこたえて、手紙のやりとりをつづけるようになったのは、早穂子にとっても、律子が、かけがえのない話し相手だったからであった。

その上、早穂子には、一つのひけめがあった。誰にも話してないことだが、早穂子自身、仔猫を絞め殺そうと試みたことがあったのだ。それも、律子のように、子供を持てない女の哀しみというもっともな理由からではない。ただ、邪魔だったのだ。捨てるという手段もあった。しかし、いったん生まれてしまったら、藍子が、かわいそうがって捨てさせないだろう。生まれたとたんに殺してしまえば、藍子には、ギンは初産でなれないため、仔猫を腹の下で圧死させてしまった、あるいは、仔猫はみんな死産だった、ギンはあまり丈夫ではないのね、などといってごまかせる。その日の朝早く、アトリエに様子を見に行って、早穂子は、ギンの出産を知った。産褥《さんじょく》には、胸の悪くなるような悪露《おろ》のにおいが残っていた。早穂子は、手のひらに握りこめそうな小さい生き物をつまみ上げ、細い首のまわりに右手の親指と人さし指を輪にしてまわした。指に力をいれた。骨の手ごたえが感じられた。もう一息力をこめればそれですむ。握りしめると、仔猫は舌の先をのぞかせる。しかし、手を離すと、しぶとく、キッと悲鳴をあげた。何度か試みた。自分がどこまで残虐な行為を行ない得るか、きわめてみたいという気持もあった。しかし、ついに、もう一息力をこめるということができなかった。

五十歩百歩だと、早穂子は思わずにはいられなかった。実際に殺すのと、どうしても殺せなくて未遂に終わったのとでは大きなひらきがあるけれど、動機の点では、自分の方が、はるかに分が悪い。たかが仔猫の話だけれど、早穂子が律子を責めきれないのは、それが、即、自分を責めるムチになるからであった。

律子から、ひんぱんに手紙が届くようになった。

ジャッコと呼ばれる青年に関する言葉で、手紙は次第に埋められるようになっていた。それは、律子の夫に対する、明白な裏切りであった。かつて、律子と不倫の絆で結ばれた早穂子は、律子の陰の恋を共犯者の意識でわけもたなければならなかった。

早穂子とつきあいが断たれたのを契機に、律子は、それにかわるものとして、急速に、ジャッコとの恋に傾斜していったらしいのだ。ジャッコは、秘密結社の首領だ、と、ものものしいことを律子は言ったことがあった。文面から、早穂子は、それが、若者たちの他愛ないオカルトごっこのグループらしいと察した。律子の手紙によれば、それは、最初、気の弱い、おとなしい若者と、小学校上級生ぐらいの子供たちではじめられたということだった。未開種族の儀式や呪術をとりいれた遊びだった。子供たちは、かなり真剣だったらしい。大人の禁止にあって、遊びは消滅した。しかし、中心になっていた若者と、一部の子供たちは、秘密の場所をみつけた。団地からそう遠くないところに、土地会社が造成しかけて、資金ぐりがつかなくなり放置してある未完成の分譲地があった。労務者は全部引き揚げたが、プレハヴの飯場小屋だけ、解体もされず、残っていた。土地会社は資金の算段がついたら、工事を再開するつもりなのだろう。そこが、根じろになった。

大人たちの目をぬすんで、遊びは続けられていた。そのうち、遊びは、徐々に性格がかわっていった。ほかの者たちが集まりに加わるようになったのだ。どこからともなく、オカルト好みの若者たちが、かぎつけて寄ってくるようになった。子供たちは、寄りつかなくなった。子供たちは、倦《あ》きて、ほかの遊びにうつった。子供たちのリーダーだったおとなしい若者は、とどまっていた。これは、彼がはじめた遊びであり——彼にとっては、遊びではなかった——、飯場小屋は、彼の王城であった。後から来た侵入者たちは、若者のやり方を踏襲し、未開種族の儀式を行ない、呪術や占いに時を過した。

若者は、手作りの素朴な楽器サンザを鳴らした。ほかの者たちも、じきに、彼をまねて、サンザを奏でるようになった。他の楽器も加わった。ギターやペットのような西欧楽器は、ここに持ちこむことを許されなかった。もっと単純な、手作りの弦楽器や笛などが用いられた。笛は、竹筒のふしをくりぬいたもので、これを唇にあて、奏者は、自分で声を出す。声は、筒の内部でこだまして、深みのある音に変化する。彼らは、裸体となり、自分の躰や仲間の躰を、手で打ちたたいてリズムをとる。手首や腰のまわりにつけた鈴が、ひびく。

そんなありさまが、律子の手紙には、こまごまと記してあった。

早穂子も遊びに来ないかと誘う言葉は、一度も書かれてなかった。

楽器の演奏は、若者の独占するところではなくなったけれど、彼は、特殊な地位を確保しつづけた。占師は、一つの種族に一人しか存在するべきではなかった。彼は、浅い木の盆にこまごました物を入れて振り、それらの物の重なりぐあいによって判断し、他の者たちに託宣をくだした。

律子が、その遊びにのめりこんでゆくさまが、手紙からうかがわれた。

そのうち、手紙は来なくなった。遊びに倦きて、ほかのことに気が移ったか、早穂子に語ることを必要としないほど、律子がジャッコにのめりこんだか、そのどちらかだと早穂子は思った。ことさらに穿鑿《せんさく》もしなかった。おそらく、後者であった。

「ジャッコという恋人がいたことは知っています」早穂子は、沖本の激しい視線からわずかに目をそらせ、答えた。

「でも本名が何というのか、どこに住んでいるのか、私は何も知りませんの」

ジャッコは、この団地のすぐ傍の牛乳屋に住みこんでいる配達人です。早穂子は、その言葉は呑みこんだ。

「律子さんは、ジャッコといると楽しいと書いてよこしました。私は、不用意な言動で他人に知られないようになさいと忠告しただけでした」

「その他人というのは、私のことですか」沖本の声に、怒りがこもった。「なぜ、私に知らせてくれなかったのです。私は、律子の夫だ。知る権利がある」

「私は、律子さんの友人ですけれど、沖本さんの友人ではありませんもの。男の方でも、そういうかばい合いはあるのではありませんか」早穂子は、沖本の語気に気押されそうになるのをこらえて言った。このとき、ふと、律子の唇の感触を、なまなましく思いだした。はじめて、泪がにじんできた。

早穂子は、わざとらしく腕時計を見た。

「もう、失礼させていただきますわ。あまり遅くなりますと、うちで心配しますので」

「待ってください」沖本はにじり寄って、立ち上がろうとする早穂子の腕をとらえた。

「本当に知らんのですか。律子は、友人が少なかった。あなた以外に、ほとんどいないといってもいいくらいだったらしい。私がみつけたのは、あなたからの手紙だけです。男の居所を知らんわけがない。なぜ、かくすのです。その男は、ひょっとしたら……いや、ほぼ確実に、律子を自殺に追いやった張本人です。ぼくは、そいつを問いつめたいのだ。場合によっては……」

殺気立った表情を、沖本は、むりに押し殺した。

「知らないことは、知らないとしか言えません」早穂子は、強引につっぱねた。

「律子があなたに送った手紙をみせてください。持ってきてもらえばよかった。うかつだった。これからでもいい。お宅までタクシーでごいっしょします。律子の手紙を読めば、何かわかるに違いない」

「おことわりしますわ。信書の秘密ということがあります。律子さんの許可があれば、お見せしてもいいですけれど、律子さんは、もう、何も言ってはくださらないのだから、お見せするわけにはまいりませんわ」

「あんたは、何か、ぼくに含むところでもあるんですか」沖本の声に凄みが加わった。

「夫として、当然のことを頼んでいるまでではないですか。ぼくが律子の死を警察に届け、自殺の原因を警察が調べはじめたら、当然、あなたの持っている律子の手紙も、提出を求められますよ」

「けっこうですわ。そのときは、お渡しいたします」

早穂子は立ち上がった。「この近くで、タクシー拾えますわね」

「ごいっしょしましょう」沖本は、続いて立った。

「むりに、タクシーにいっしょに乗りこもうとなさったら、私、声をたてて騒ぎますわよ」

その場面を想像しただけで、沖本は辟易《へきえき》したようだ。

沖本の要求は、無理難題ではなかった。しかし、早穂子は、まず、一人でジャッコに会いたいと思った。律子の死が、どんな理由によるものにせよ、沖本は、ジャッコと彼の一党を許さないだろう。事件が明るみに出た場合、彼らの結社は解散せざるを得なくなるかもしれない。律子がそれを望んだかどうか早穂子にはわからなかった。おそらく、律子は、夫の介入を拒みたいのではあるまいか。

早穂子は律子の手紙の一節を思い浮かべた。

先生は、本当にやさしいのです。でも、一人の人間では、どうしても、みたされない部分があります。その部分をみたしてくれる人をも、愛してはいけないのでしょうか。いけないといわれても、私、やめることはできません。もちろん、ジャッコだけでも、私はみたされないでしょう。先生も、私にとっては必要な人なのです。

時に、手紙の言葉は激しかった。

私は、纏足《てんそく》された女です。夫によって、成長を禁じられた女です。

律子が、夫との生活を語る言葉は、多くはなかった。

女としての成長を示す部分に、夫は、いつも、童女の肌の手ざわりを求めます。髪を切らせないのは、少女の俤《おもかげ》の中に私を封じこめておくためですが、同じ目的から、夫はその部分の滑らかさを保つよう命じます。少しでものびてくると、私は、電気剃刀《かみそり》で、一人で、成人した女の証《あか》しを摘みとります。夫の目の前では、決して行なわない作業です。剃り終わると、刃の部分を取りはずし、ブラシで剃刀を掃除します。紙の上に、粉末状になった毛が散ります。私は、それをまとめて、ガラスのびんにうつし、きっちりと蓋をします。長くのびれば、私の髪と同じように黒いのでしょうけれど、びんの底に溜まっているそれは、やや赤褐色がかった灰色です。砂鉄に似た、重いねばりがあります。のびようとしては削りとられる、私の成熟しようとする女の部分です。一回に剃り取られる量は、ごくわずかです。それでも、ふと気づくと、底に一ミリ溜まり、またある日、ふと見ると、三ミリ近くなっており……死ぬまでに、びん一杯に溜まるでしょうか……。

沖本は、たしなみのよい紳士だった。早穂子に叫び声をあげさせ、けたたましい騒ぎをひき起こすのは、彼には、どうにもやりきれないことらしかった。早穂子がわめこうと噛みつこうと、むりやり彼女の家までついてきて手紙をとりあげるという強引な行動には出ようとしなかった。階段を下り、道に出たとき、建物の壁にもたれている人影に、早穂子は気づいた。車を下りたときに見かけたのと同じ若者だった。ジャッコだ、と、直感した。

彼は、さりげない足どりで、早穂子の視界からはずれようとした。しかし、ぎくしゃくした動作が、彼の狼狽を露呈していた。

呼びかければ、かえって、逃げるだろうと思った。早穂子は、そ知らぬ顔で歩き続けた。入口でうろうろしていた彼は、おそらく、早穂子が沖本の客であることを知ったはずである。早穂子に対して無用心なはずはなかった。

見えない綱でひかれるように、彼は、ある距離を保って、早穂子のあとをついて来た。団地を出はずれたとき、思いきったように、あの……と、彼は声をかけた。

5

ジャッコは、蠟燭《ろうそく》に火をともした。

「ここ、電気、きていないんです」

蠟燭の数は豊富だった。燭台の形は、まちまちだった。手作りらしい不細工なしろものが多かった。二十本ほどの蠟燭を、ジャッコは全部点火した。それでも、明るくなったのは、二人のまわりだけで、木彫りの面などを飾った壁は、仄暗《ほのぐら》いままだった。そのため、鉄骨の筋交いを入れた殺風景なプレハヴの壁が目に入らないですむという利点はあった。飯場小屋を原始のジャングルにかえるには、その薄闇も必要な要素の一つなのだろう。しかし、早穂子の目には、いくらか闇が効果を添えても、打ち捨てられた汚ならしい飯場小屋は飯場小屋であった。それ以外の何物でもなかった。

占師ジャッコは、早穂子には、貧相な、痩せぎすの若者だった。

ほかの人たちは？　早穂子は訊いた。

みんな……ジャッコの声は、のどにつまった。リツがあれを飲んだあと、ここを去りました。

どこへ行ったの？

知らない……。リツは、飲んだ。それから、外に出て行って、指をつっこんで吐いた。戻って来て、勝ち誇ったように言った。ごらんなさい。あたし、何ともないわ。そうして、自分の家に帰って行った。少し蒼い顔をしていた。

話してちょうだい。何があったの？

ジャッコは、うなだれたまま、

あなたには、わかってもらえない。

私がわかろうとわかるまいと、あなたは、話さなくてはいけないのよ。知っているでしょう。律子は死んだのよ。


私たち、同じ夢を見ます。律子の手紙の一節である。いいえ、夢ではありません。私にとっても、ジャッコにとっても、これが、現実なのです。

夢と現実の区別がつかなくなったとき、律子は、狂っていたのだろうか。それとも、むりに、きちがいじみた夢の中に、棲息しようとしていたのだろうか。


ジャッコの口は重く、言葉はとぎれとぎれだった。あまりに非常識な行為なので、早穂子も、すぐには理解できなかった。それを理解するには、そのとき、彼らが、文明も知識も持たぬ未開人であったということを承認しなくてはならなかった。しかし、いくら共同の幻影によっていたといっても、彼らは、本質的に、未開人とは異なるのだ。それがどんなにばかげた危険の行為か、心の底では承知しているはずだ。だから、彼らは、恐怖にかられ、彼らのジャングルを捨てて、文明の中に逃亡し、自分を取り戻したのだろう。

盟神探湯《くかだち》のようなことが行なわれたらしかった。〈くかだち〉は、古代の日本で用いられた原始的な裁判の方法である。被疑者は、神に宣誓ののち、熱湯に手を浸す。無実ならば傷を負わないが、有罪なら大火傷をする、とされていた。

一部の未開種族の間では、毒物の飲用という形でそれが行なわれる。飲んで、すぐ吐き出して、無事なら無罪。有罪者は、毒物に侵《おか》される。

この、〈試罪〉は、常に、彼らの間で信奉されていた。毒物の所持者は、占師であるところのジャッコである。実施されたことは、これまで一度もなかった。そういう方法を自分たちはとり得るという認識だけで、十分だったのだ。

ジャッコの位置が、侵入者の一部の者におびやかされた。もっと強力な占師が出現しそうな状況になった。仲間の二、三人が、よそから、女の子を連れてきたのである。

この子の方が、本物の占師だと、彼らは主張し、

「今こそ〈試罪〉を行なおうということになって……」

皆は、ジャッコに、飲んでみろとせまった。

「ぼく、できると思いました」

そう語るジャッコは、今では、ただの若者だった。だから、早穂子は、その場の雰囲気をなかなかつかめなかった。集団催眠のような力が働いていたのだろう。しかし、おそらく、酔いきれない部分が、ジャッコの心の中にあった。

「ぼく、……少し怖かった。ためらいました。そうしたら、リツが……」

律子は、幻影を現実にしたかったのだろうか。それとも、ジャッコに対する愛か。

ジャッコといっしょにいるとき、早穂子さん、私は、少女である必要はないのです。ジャッコは私に甘え、私は彼を……。

早穂子さん、いつだったか、あなたは、私の年をお聞きになりました。私は答えなかった。私は、あなたと、二つしか違わないのです。十七、八の息子がいてもいい年です。時の歩みにさからって、私は、黄ばみ皹《ひび》われた古い写真のように……。

律子は、ただ、狂っていたのだろうか。

早穂子は、ふと、砂鉄に似た粉末となって、ガラスびんの中に蓄えられているという律子の体毛を思った。削りとられ、そぎとられ、それでもなお、執拗に生《お》い育とうとするそれを。

黄泉の女

窓ガラスのむこうの空は、黄色みを帯びていた。薄墨色の刷毛目《はけめ》のあいだから黄色い地肌が透けているような、奇妙な色あいだった。

女が、「まず、うつ伏せになってください」と言ったので、比奈子は、簡易ベッドにあおのいていた躰のむきをかえた。

ベッドは、ふつうのものより幅がせまかった。薄い小さい枕に顔を埋め、両腕を脇に垂らすと、押しつけられた眼球の、瞼《まぶた》の裏に、黄ばんだ空の色が残っていた。

ゆったりした白いタオル地のガウンが、腹の下でよじれた。手をのばして、皺《しわ》をなおしたとき、女の指は、力強く、比奈子の首筋を揉みほぐしはじめていた。

「お若いのに、ずいぶん凝《こ》っていらっしゃるのね」

初対面の客に、女マッサージ師の口調は、くだけていた。はりのある、耳に快くひびく声であった。

〝柴田潤子〟比奈子が依頼した興信所員は、女マッサージ師の名前を、そう告げた。年齢は二十六歳。比奈子より二つ若い。一歳二カ月の女の子が一人いる。

一、二階が店舗と貸事務所、三階以上が分譲アパートになった七階建のビルの、五階に、マッサージ・ルーム〝シバタ〟はあった。看板は出していない。税金逃れのための、もぐり営業なのだろう。主婦のアルバイトといった形である。もっとも、柴田潤子には、戸籍上の夫はいない。一度結婚したが、三年前に死別している。

玄関を入ってとっつきの六畳と表に面した四畳半を、絨緞《じゆうたん》を敷きつめた一続きの洋間に改造し、アコーディオン・カーテンで簡単に仕切って、四畳半の方を営業用にあてている。客は、ソファとベビー・ベッドを置いた六畳を通りぬけて、マッサージ室に入るようになる。それで、比奈子も、ここに案内されるとき、タオルケットがやわらかく盛り上がったベビー・ベッドの中を目にしていた。

顔まではわからなかった。子供は昼寝の最中らしく、タオルケットからのぞいた頭は、壁の方をむいていた。髪が黒々と濃いのが目についた。

心の中で、比奈子は、ベビー・シッターに世話をまかせて家においてきた千江の髪と思いくらべた。生後八カ月の千江の髪は、いかにも嬰児《えいじ》らしく、赤みがかって腰がなかった。後頭部の毛は、まだ十分に生え揃わない上に、枕にあたる部分がすり切れて、縮れているのだった。

「どうでしょう。強すぎます？」背骨に沿わせた親指に、全身の重みをかけるように力をいれながら、潤子が訊いた。

「いいえ、けっこうよ」

比奈子は、少し、どもって答えた。あまり親しくない相手と喋らなくてはならないとき、比奈子は、いつも、緊張してどもった。相手がほんの中学生ぐらいであっても、のどに塊《かたまり》ができ、言葉の出だしがつかえた。

潤子の指が触れたとたんに、鳥肌がたつのではないか、どうやって、心の動揺を潤子に見ぬかれないようにしたらいいか、そう案じていたのに、ぐいぐいと揉みほぐしてくる潤子の指が、快くさえあった。

電話で予約するとき、比奈子は、〝吉田〟と名乗った。

私の本姓は、山本ですの。そう言ったら、この女は、どんな反応を見せるだろうか。

――山本という苗字は、あまりにありふれているわ……。

なぜ、姓をいつわったのかと、潤子は、その点を疑問に思うだけかもしれない。

でも、次の瞬間、思いあたるかもしれない。

山本！

ええ。山本龍治が、私の夫ですの。

頭の中だけで、比奈子は、そんな問答をした。

それから先へは進まなかった。

潤子がどんな態度をとるか想像できなかったし、それにもまして、比奈子は、自分が何を言ったらいいのか、したらいいのか、見当がつかなかった。

せりふも与えられずに、いきなり、舞台に立たされた役者のように、絶句してうろたえている自分の姿が見えた。

嫉妬に我を忘れ、女の家にどなりこみ、髪をつかんでひきずりまわし、殴打《おうだ》し……それこそ、夫を奪われた妻の、あるべき姿ではないか。

兇暴な発作は、少しも、身内から沸き起ってはこなかった。

嫉妬がないわけではないのだ。胃の腑《ふ》いっぱいに、何か固いものが詰めこまれ、ふくれあがってくるような重苦しさ、頭の隅で、甲高《かんだか》い音をたてて鐘が乱打されているような苛立《いらだ》たしさ、その源には、やはり、夫を奪われたことに対する嫉妬がひそんでいるに違いなかった。そうに違いないと、比奈子は思いたかった。

執着の薄い——生命の火が、華やかに燃えさかることなく、湿った薪《まき》が辛《かろ》うじて火種を絶やさないでいるような——そんな性向は、どう変えようもない、生れつきのものなのだろうか……。

背から腰、と潤子は揉みほぐしながら、

「奥さまなんか、まだお若いんだから、美容マッサージの方がよろしいんじゃありませんか？」

「美容マッサージ？」最初の一語をかなりどもって、比奈子は訊いた。

「ええ。オイルとパウダーでね。素肌をじかにマッサージされるの、おいやですか？」

黙ってやってくれればいい、と、比奈子は思った。潤子の明るい屈託のない声に、比奈子は、好意をもってしまいそうだった。

とんでもないことだ。この女を、憎んで、憎みぬかなくてはならないのだ。だが、憎むというのは、愛するのと同様、エネルギーのいることだった。

「お疲れにならない？」比奈子は訊いた。「ずいぶん力のいるお仕事でしょ」

「これくらいで疲れたなんて言っていたら」と、潤子は笑った。「食べていかれませんよ。はい、横になってください」

「お子さん、おとなしいんですね」

「昼寝していますから。でも、いつもほったらかしていますから、子供の方でも馴れちゃって、手がかからないんですよ。目がさめても、一人で遊んでいます」

龍治には、経済的な援助をしてやる余裕はないはずだった。中学の社会科の教師である。収入はたかが知れていた。小学生の家庭教師を、三軒ほど受け持っている。その月謝の一部を潤子の方にまわしているのかもしれないが、それにしても、たいした額にはならない。

「お名前、何ておっしゃるの?」

「え、私ですか」

「いいえ、お子さんの」

「ハルコです」

「どういう字?」

潤子の手が、ちょっと止った。ずいぶん詮索《せんさく》好きだと、一瞬、不審に思ったのかもしれない。

「明治の治って書きます」

そう聞いたとき、比奈子は、みぞおちに軽い衝撃をおぼえた。龍治が、自分の名前の一字をつけたということが、思いのほか、不愉快だった。龍治と潤子と二人の間の子供、三人の血と肉が一つにからまりあったような関わりあいを感じた。

「お宅は? お子さまは?」

「いません」とっさに、比奈子は答えた。この女との会話に、千江を話題にのぼらせたくなかった。

「あら」と潤子は口ごもり、「奥さま、とお呼びしてしまいましたけど……」

「いいのよ。結婚はしていますから」

「お淋しいですね。でも、まだ、これから」

千江が生れなくても、そのために淋しいと思うことはなかっただろうと、比奈子は思った。子供がいようといなかろうと、霧のようにあいまいな淋しさは、常に、比奈子の心に棲みついていた。

潤子は、明るいが、むやみにお喋りなたちではないようで、比奈子が黙れば、自分からうるさく喋りかけようとはしなかった。入念で力のこもったマッサージをつづけていった。

これなら、一度来た客は気にいって、その後もひきつづいて通うようになるだろう。しかし、場所がよくないのか、そう繁昌しているようでもなかった。M＊＊という土地柄が、だいたい、場末めいている。商店、パチンコ屋、エロ物専門の映画小屋、町工場などが並び、一時間二千円も払って、のんびりマッサージをとるような人種は、あまり住んでいない。工員や商店主は、トルコの方を愛用するだろう。

比奈子が、今朝思いきって電話をかけ、あいている時間をたずねたとき、午前中に一人予約が入っているだけだから、それ以外の時間ならいつでもどうぞ、と、潤子は言ったのだった。

龍治がどのようなきっかけで潤子と結ばれたのか、興信所の調査は、そこまでは行きとどいていなかった。

比奈子が龍治と知りあったのは、彼女が市立の図書館に勤めているときだった。図書館の貸出係という仕事は、彼女にむいていた。蔵書も少ない、小さい図書館だった。閲覧室もすいていた。試験前に、静かな場所を求めてノートをひろげる学生たちが利用するくらいなもので、その他は、近所の小説好きの主婦が暇つぶしの読み物を借りにくる程度だった。閲覧者は書庫に自由に入り、書庫から好きな本をぬいてくる。比奈子の仕事は、ほとんど、カードに判を押し、登録証を預かるだけですんだ。手持ちぶさたな時間を、本を読んだり、とりとめない空想にふけったりして過した。そういう時間が、比奈子には、何より充実して感じられ、躰を動かして労働したり他人と世間話をしているときは、ひどく時間がもったいない気がした。時間はありあまっているのだが、比奈子は、自分の〝時〟がくいつぶされているようで、表面おだやかな顔をしながら、心の中で苛立っていた。物欲は薄かったが、ひっそりした自分の世界を乱されることだけは嫌っていた。しかし、物静かで応待《おうたい》はにこやかなので、他人は比奈子に、おとなしい感じのいい娘といった印象を持った。

龍治は、土曜の午後や日曜日、時々あらわれた。歴史関係の専門書を借り出すので、すぐ、名前と顔をおぼえた。穏和な童顔で、ふちの細い眼鏡をかけ、レンズの奥の眼は目尻が下がりぎみで、少し癖のある髪が広い額に垂れていた。肌が男にしては青白すぎ、小肥りで一見柔和そうなのに、ときどき神経質そうな表情がよぎった。

特別、心を惹かれたわけではなかった。それなのに、図書館長を介しての龍治の求婚に応ずる気になったのは、その四月、新しく図書館の職員になった貝塚という男のせいだった。貝塚は、威勢のいい青年だった。図書館員で若い独身の女は比奈子一人だったせいか、関心を持ち、何かと誘いをかけてくるようになった。

嫌いではなかった。むしろ、好感がもてた。しかし、比奈子は、貝塚の接近をおそれた。本を読んでいるとき、「何を読んでるんだい」と、無遠慮に表紙をかえす。それだけで、比奈子は、自分の浸りこんでいる世界から、むりやりひきずり出されるような気がした。

龍治との結婚がきまり、退職するとき、貝塚は、「あんな青ぶくれのどこがいいのよ」と、軽蔑したように笑い、「青ぶくれにやっちゃうんなら、その前に、おれとどう?」と誘った。比奈子は泣き笑いの顔で首を振った。

「あんた、絶対、うまくいかないよ」貝塚は、うけあった。「もっとも、あんたは、誰ともうまくいきっこないよ。あんたは傲慢なんだよ。他人に対する侮辱だよ、まわりのことに関心持たないっての。持たないんじゃなくて、持てないんだとしたら、一種の病気だな」

「私、病人じゃないわ」比奈子は、珍しく尖った声を出した。自分がいくぶん危惧していることを、あばき出された気がしたのである。

周囲の事象が、透明なガラスで自分とへだてられているような感覚が、少し異常なものではないかと、比奈子は懼《おそ》れを持ちはじめていた。日常の中に根をはって、がっしり生きているという実感がなかった。他人は、言葉の通じない異邦人のようだった。その感じは、彼女がまだ家族と同居していた子供のころから、あった。

龍治の躰がはじめて触れた夜、比奈子は、たまらない嫌悪をおぼえ、身震いした。この後、耐えていかなくてはならない長い夜々を思うと、気持が暗くなった。まだ、馴れていないからだ、そのうち、この感触に躰がなじんで、よろこびをおぼえるようになるだろう。比奈子は自分の嫌悪を龍治にさとられないようにつとめた。異常だと烙印《らくいん》を押されるのが怖ろしかった。

貝塚なら……と、比奈子は思った。相手が貝塚であったら……。

結婚後、一度だけ、貝塚と交渉を持った。自分の反応をテストするような気持で、比奈子は貝塚のあつかましい誘いに応じたのである。貝塚は、比奈子のよろこびの演技にだまされなかった。人目につかないラヴ・ホテルで欲望をみたしたあと、さげすみと哀れみと、いくらかうんざりしたような表情を混じえて比奈子を眺め、隣りに横たわっている比奈子の躰を軽く押しやった。

比奈子は再び、世界が冷たいガラス球の中に閉ざされ、彼女自身はただ一人、その外側でうろうろしているのを、まざまざと感じた。ガラス球の中で、人々は、泣き、わめき、愛しあい、憎みあい、血と血を混じえ、ぬきさしならず絡みあって生きていた。比奈子は、ガラス球の外の、茫漠《ぼうばく》とした空間に漂っていた。せめてガラスの壁面に爪を打ちこみたいと思っても、彼女の爪は、掠り傷一つつけることがなかった。

背を上から下まで撫で下ろし、「お疲れさまでした」と、潤子は終了を告げた。

「どうぞ、お着かえになって。ヘア・ブラシはそこにございます。冷たいものを用意しておきますから」

言いおいて、潤子は、アコーディオン・カーテンのむこうの部屋に去った。「お目々がさめてたの？」と子供をあやす声が聞えた。

服を着かえ隣室に行くと、ソファの前のティー・テーブルに、ガラスのカップに入れた冷たい紅茶がおいてあった。

「どうぞ、一休みなさってくださいな」

比奈子はソファに腰を下ろし、冷えた紅茶をのどに流し入れた。ソファが、操作一つでベッドに転用されるタイプであることに気がついた。他に部屋はないようだから、夜になると、潤子はこのソファをベッドになおしてやすむのだろう。そのかたわらに、龍治が横たわる夜もあるのだろう。

龍治は、比奈子にそうするように、まず、唇を下半身に這わせるだろうか。執拗に、その舌を使い、責めたてるのだろうか。そのとき、この女《ひと》は、私のように鳥肌だって拷問の苦痛に耐えるのではなく、悦びの中に溶けいって、あの執念深い愛撫を受け入れるのだろうか。

比奈子は、さぐるような目を、そっと潤子にむけた。水色のうわっぱりをぬいだ潤子はベビー・ベッドの柵につかまって立った子供をあやしていた。水泳選手のような、ひきしまった、のびのびした躰だった。龍治の肉を、この躰は、すこやかな悦びをもって受け入れるのだろう。唾液に濡れた唇が素肌を這うのを、さわやかに迎えるのだろう。

比奈子の視線を感じて潤子がふり返った。

「おいくらでしたっけ」比奈子はうろたえた。

「二千円いただきます」

「そうでしたわね。二千円」比奈子のさし出した紙幣を、潤子は、戸棚の抽出《ひきだ》しにしまった。それから、「どうぞ、ゆっくり休んでいらっしゃって」と言って、次の客に備えてベッドをととのえなおすため、マッサージ室に入って行った。

比奈子は、子供に目をやった。子供はベッドの上に足を投げ出して坐り、熊の縫いぐるみで遊んでいた。比奈子は立ってその傍に寄り、両手をのべた。子供は人なつっこく、手をさし出した。比奈子は、手をひっこめた。抱き上げる自分を想像した。なま暖かいやわらかい重み。よく肥っている。くびれた顎。しかし、頭と肩をつなぐ首は、思いのほか細いに違いない。

比奈子の手がのび、子供を抱き上げ、膝にのせた。肉づきのよい顎の下ののど骨を、指は、さぐっていた。

虎縞《とらじま》の瘠せた猫が比奈子の部屋に入りこむようになったのは、彼女がまだ独身で、下宿住まいしているころだった。毛並の艶が悪く、首輪もしていない。野良猫にちがいないが、飼われていた時期もあったのか、妙になれなれしかった。野良猫はふつう、極度に用心深く、人が近づく気配を示しただけです早く逃げるものだが、その猫は、比奈子が舌を鳴らして呼ぶと、ちょっとためらってから、くねくねした身のこなしで、窓の手すりをとび越え部屋に入ってきた。比奈子は遅い夕食をとっているときだった。焼魚のにおいに惹かれたのかもしれない。むしった魚の身を手のひらのくぼみにのせ、おいで、と呼ぶと、猫はいくぶん警戒しながら近寄ってきた。無数の針を植えこんだような舌が、性急に比奈子の手のひらを舐めまわした。

膝に抱きとり、のどを撫で上げ撫で下ろす。猫は満足げに目を閉じ、のどを鳴らしだす。小さい震動が指につたわる。比奈子は、親指と人さし指をのばし、猫ののどにまわした。猫はゆったりと、のどを鳴らしつづけている。比奈子は、指に力をいれた。首は細く、指の輪は、どこまでもちぢまっていきそうだった。首をしめられながら、猫は、なお目を閉じたまま、のどを鳴らしている。やがて、舌の先がのぞき、苦しそうにもがきだした。だが、その動きは、それほど兇暴ではなかった。あまりひどい冗談は止めてくださいよ、と言うように、手の先を比奈子の腕にかけ、軽く押した。

もう一息力をいれたら……。そこで、比奈子は指をゆるめた。猫はするりと逃れたが、逃げ去りはせず、部屋の隅まで行って、比奈子の方をぬすみ見た。小さい甘え声をあげて、また、すり寄ってきた。

猫はそれからしばらくの間、毎日のように部屋にきた。そのたびに、比奈子は猫を抱き、ごろごろとのどを鳴らす音を聞きながら、首をしめてやった。猫が、たいそう身近なものに感じられた。一つの感情、一つの感覚を、猫は比奈子とわけもっているようだった。


入り口のブザーが鳴った。比奈子は、自分の指が子供ののどを撫でているのに気がついた。

潤子が居間をよぎり、入り口のドアを開けた。

「あ、お仕事中だった?」潤子と同年輩の、主婦らしい女が薄い紙ナプキンをかけた大皿を持って立っていた。

「いいのよ。終ったところ」

「ケーキをたくさんもらっちゃったの。生クリームを使ってるから、あまり保《も》たないんだって。うち、亭主と二人きりで、しかも彼は甘いもの苦手ときてるでしょ。手伝って」

「お裾わけしてくださるの？　嬉しいわ。おいしそう。いま、お皿洗って返すから、ちょっと待ってね」

「いいのよ、いいのよ」と、相手は押しとどめた。「まだ、お客さまいらっしゃるんでしょ」と声をひそめ、「お皿はあとでいいわよ。じゃあね」

そそくさと、女は去っていった。

「この上の階のかたなんですよ。仲好くしていて。おいしそうだわ。いっしょに一ついかがですか」

「いえ、けっこうですわ」

「甘いものお嫌い？　シュークリームやショートケーキなんかですけど」

「いえ、いそぎますから、これで」

「あら、ハルコちゃん、だっこしていただいていたの？　よかったわね」

潤子は皿をティー・テーブルにおき、子供を比奈子の手から受けとって、ベビー・ベッドに戻した。子供は、バイバイというように、比奈子に手を振った。

廊下に出たものの、比奈子は、そのまま立ち去りかね、壁に背をもたせかけた。

——何のために、ここまで来たのだろう。私は、どうしたらいいのだろう。

荒々しく女と夫を罵倒する力は湧いてこなかった。そうかといって、黙って見過すのは淋しすぎた。

ドアが開く気配がしたので、比奈子は、悪事を見咎められでもしたように、うろたえて、鍵の手に折れ曲った廊下の角に身をひそめた。そこはちょうど、エレヴェーターの前だった。皿を持って、潤子が出てきた。皿には何かおうつりが入っているらしく、布がかぶせてある。エレヴェーターの前で顔をあわせたら、ちょっと気まずい。まだいたのかと、潤子が不審に思うかもしれない。

しかし、潤子は、背を見せて、反対の方向に歩いて行き、軽い足どりで階段をのぼって行った。何かにつき動かされるように、比奈子は、ドアの前に戻り、押し開けた。

すぐ帰ってくるつもりなのだろう、鍵はかかっていなかった。

靴を脱ぐ手間をはぶき、比奈子は土足のまま居間にあがり、ベビー・ベッドの中の子供に手をのべた。人なつっこい子供は、自分から抱かれてきた。

バスに乗り、電車に乗りかえる間も、子供はおとなしかった。腕にずっしりと子供の重みを感じた。千江の倍も重かった。

比奈子の住まいは、団地の四階である。エレヴェーターは無い。上りついたときは、息切れがした。

ベビー・シッターに頼んだのは、同じ団地に住む短大生である。

「千江ちゃんのお友達？」短大生は治子を見て言った。「かわいいわね。ぽちゃぽちゃしてる」

千江は、六畳の部屋いっぱいにひろげた絵本や積木をかたはしから放り投げて遊んでいた。その傍に、比奈子は治子を下ろした。治子は、いくらか落ちつかなく、きょときょとしていたが、短大生にあやされると、笑い声をたてた。

――私のうちは、何て殺風景なんだろう……。

潤子の住まいと大差ない広さであり造りであった。しかし、この部屋には、住む者の、生活に対する無関心さがあらわれていた。すり切れてけばだった畳。マガジン・ラックから溢れ出した古新聞や週刊誌。

比奈子自身は、室内の乱雑さが少しも気にならなかった。だが、潤子の清潔で暖かみのある部屋とくらべるとき、生きる姿勢の違いといったものを突きつけられたような気がした。自分一人、ひっそりうずくまる空間があれば、そのほかのことはどうでもいいというような比奈子のあり方は、かつて貝塚が言ったように、絡みあい、関わりあい、傷つけあったり慰めあったり、その中で少しでも快く生きようとする人々に対する侮辱なのかもしれなかった。

「ご苦労さま、もう、いいわ」アルバイト料を払って、留守中のことを何かと告げようとする短大生を、追い出すように帰らせた。

――攫《さら》ってきてしまった……。

潤子は、すぐに、子供がいなくなったことに気づくだろう。狂乱して、龍治の勤務先に電話をかけるに違いない。

〈授業中ですが〉と、応待に出た者は言う。

〈緊急な用なんです。電話口に、すぐ、お願いします〉潤子の声は切迫し、うわずっていることだろう。

〈どちらさんですか〉

訊かれて、潤子は、口ごもるかもしれない。

〈うちの者です〉

〈奥さんですか〉

〈え、ええ、そうです〉

比奈子は、畳にべったり腰を落していた。千江が這い寄ってきて、膝に手をかけた。ほとんど無意識に、比奈子はその手を押しのけていた。

奥さんから、と取り次がれ、比奈子が電話をかけてきたと思って、龍治は、少しきげんの悪い声で応じるだろう。

〈どうしたんだ〉

〈誘拐されたの、治子が〉

〈ばか！　いつ、どこで！〉せきこんで訊く龍治の声を、比奈子は、耳に泛《うか》べようとする。

〈あの女にちがいないわ〉潤子が、はっと思いあたる。

〈あの女？　心あたりがあるのか〉

〈今日、マッサージにきた客よ。結婚しているけれど、子供はないって言っていた。きっと、治子がかわいくてたまらなくなって……〉

〈おい、その客の名前と住所は……？〉

〈吉田って言っていたわ。住所は知らない。はじめての、ふりの客だから……〉

潤子は、勘のよさそうな顔をしていた。このあたりで、ふと思いつく。

〈ねえ、あなたの奥さん……〉

〈え？〉

〈あなたの奥さん、どんなふうな人？〉

〈比奈子？　まさか……。あいつは、そんな大胆なことができる女じゃない〉

〈あたしたちのこと、気づいていなかった？　治子のことも〉

〈まさか……〉

――潤子は、私の外見を、どのように告げるだろう。中肉中背、おとなしそうな……。少しども……。

〈あなた、家に帰ってみて。きっと、あのひとのいやがらせよ。もし、あたしたちのことを知って、かっとして治子を……〉

怒りに我を忘れて、幼い治子を窓から突き落すくらいの激しい感情が私にあったら……と、比奈子は、ものうい目を子供にむけた。千江が手にした積木を、治子は力まかせにひったくっていた。千江は、あっけにとられたように、強奪者を眺めている。

比奈子が、六つか七つのころだった。

「あたしのよ」と、妹が宣言した。

比奈子が叔母の家に泊りに行ったとき貰ってきた縫いぐるみの人形は、妹の手に抱きとられていた。

五人兄妹のちょうど真中にいる比奈子は、若い叔母の目に、ひどく影が薄くみじめっぽくうつるらしく、ことさらに、ひいきしてくれた。そのころ新婚だった叔母の家に泊めてもらったのは、兄妹の中で比奈子だけであった。

これは、比奈子ちゃんのよ、と言って、叔母はその人形をくれた。結婚前から叔母が持っていたものだった。着せかえ用の服も何着かついていた。

誰にもあげてはだめよ。これは、比奈子ちゃんのよ。叔母は、少しきつい声でくり返した。

勝気な叔母は、比奈子が、一歳半年上の姉と年子《としご》の妹に持物をまきあげられてばかりいるのを、自分の子がいじめられでもするように、歯がゆがっていた。

比奈子は、人形を抱いて寝た。

帰宅するとすぐ、人形は妹に奪《と》られた。姉が寄ってきて、「あたしが服を着せてあげるから、貸しなさい」と妹の手から人形を奪った。妹は甲高い泣き声をあげ、人形をとりかえすと、その足をつかんで、姉の頭を打った。すかさず、姉は妹の頭を打ちかえし、二人の手にひっぱられ、人形は片足がもげた。妹の手に、足だけが残った。姉は、しまった、という顔をしたが、すぐ軽蔑したような顔になり、「こんなの」と、人形を放り投げた。妹に投げつけたつもりだったのが、手がそれて庭に落ちた。

細かい雨が降っていた。絵具で描いた人形の目は、にじみ出し、青黒いあざのようなしみになった。

それらの光景を、比奈子は、自分から遠いもののように眺めていた。二人の、力をつくしての奪いあいが、何か羨ましかった。

濡れそぼち、見るかげもなくなった人形に目をやっても、痛切な哀しみも怒りも湧いてこなかった。ただ、重苦しい気分だけが、心をしめていた。

叔母を裏切ってしまった、と、そのことだけが怖ろしく、哀しかった。誰にもあげてはいけないという叔母の命令を破ってしまった。叔母は怒るだろう。あたしを厭《いや》な子だと思い、もう、決して、泊りにこいとは言ってくれないだろう。

同じようなことは、比奈子が近所の商店で景品のひよこを貰ってきたときにも起きた。

このときは、姉はあまり興味を示さなかったが、妹と弟の間で奪いあいになった。夜は暖めてやらなくてはいけないと店の人に言われ、比奈子は、自分の小遣で二〇ワットの電球を買い、暖房つきの寝床をひよこのために作ってやるつもりだったのだが、ひよこは彼女の手から奪われた。

妹と弟が遊び倦きて庭に放り出したひよこに野良猫が襲いかかるのを、比奈子は、うっそり眺めていた。猫は、銜《くわ》えたひよこを振りまわし、放り出し、前脚で小突き、また歯をたてた。やわらかい羽毛がとび散った。比奈子は、猫を追おうともせず、涙も湧いてこなかった。

彼女の胸にひそむ小さな意地が、そのような態度をとらせたのかもしれないが、少女期になってからの比奈子は、こうした自分の冷たさをいとわしく思った。

胃のあたりの軽い痛みが、空腹感であることに、比奈子は気づいた。昼食をとっていなかった。置時計の針は三時十五分をさしている。比奈子は立ちあがり、台所に行った。

千江にも何かおやつを与えなくてはと思いながら冷蔵庫を開ける。

衣をつけて揚げるばかりにしたフライが皿にのせラップをかぶせてあった。

昨夜、龍治のために用意した分だが、龍治は外で——たぶん潤子のところで——すませてきたので、不用になった分だった。

中華鍋に油を八分目注ぎ、火にかけた。

それから、耳をすませた。二人の幼児は、いまのところ、おとなしく遊んでいる。

——なんと、穏やかなんだろう……。

油が、じわじわと、たぎりはじめた。習慣的な動作で、比奈子は、パン粉の屑を油に落した。油が十分煮えたぎっていることを示すように、パン粉は、じゅっと音をたて、すぐ浮き上がって、周囲に泡を集め踊りはじめた。

——この熱い油を……

と、比奈子は思った。

あの子供に、頭から浴びせたら……。

そのくらいなことは、しても当然なんじゃないのか。するべきじゃないのか……。

一歳二カ月の子供にしては濃すぎる黒い髪が、ちりちりと縮み上がるだろう。熱い油は髪から肩に垂れ、服の布地は皮膚に貼りつき、肌は火ぶくれになるくらいではすまず、表皮が剝け爛《ただ》れることだろう。

そこに、龍治と潤子が踏みこんできたら……。

二人は、私を半殺しの目にあわせるだろう、と、比奈子は思い、その想像は、感情の動きがどこか死んでいるような比奈子の心を、いくらか昂《たかぶ》らせた。

比奈子は、その思いにすがりついた。

龍治は——ふだん、荒い声を出したことのない龍治が——比奈子の頬をなぐりつける。

潤子が、泣き叫びながら、むしゃぶりついてくる。比奈子の髪をつかんで、ねじり倒す。髪は根元に肉をつけたまま、むしりとられる。

この女が……この女が……

罵《ののし》りわめいて、潤子は、畳に押しつけた比奈子の顔に固い膝をのせ、ぐりぐりと踏みにじる。

——私の鼻孔からは血が溢れ出す。

血は、潤子を少しもたじろがせはしない。

むしろ、いっそう、兇暴な発作を駆りたてる。

傍の中華鍋に、潤子は気づく。両手で持ち上げて、私の頭に叩きつける。一度では足りず、何度も、くりかえそうとする。

さすがに、龍治が止めようとする。

私を愛しているからじゃない。騒ぎが大きくなると、龍治は、体面上困るからだ。止める必要はないのよ。

頭から血を流しながら、比奈子は、心の中で龍治に呼びかける。

私は、今、満足しているんだから……。

もっと、もっと、怒りを叩きつけて。

殺してくれてもいい。

龍治のネクタイを、私の首にまわして。二人がかりで、絞めあげて。

私は、苦しくて、少しは暴れるかもしれない。あなたたちの殺意を煽《あお》るために、必要以上に暴れたりして……。

暴れて、あなたたちの仕事をやりにくくした方が、この、三人絡みあったたのしい時を永びかせることができる。

そう、私は、抵抗しよう。龍治は、片手で私の右腕を押え、私の片足を両の脚で踏み敷き、あいた手で、握りしめたネクタイの一方の端を引き絞る。

ネクタイのもう一端は、潤子の手の中にある。潤子も、半ばのしかかるようにして、私の手と足の動きを封じこみ、首に一巻きしたネクタイを力まかせに引く。

ああ、もう少し、時間を藉《か》して。一思いに殺されたのでは、あっけなさすぎる。

一方的に肉体を凌辱《りょうじょく》される夫婦の夜にくらべたら、この残虐な遊びの、どれほど心と肉をみたしてくれることか。

だが――、と、比奈子は思いあたった。

龍治は、決して、殺戮《さつりく》に手を貸したりはしないだろう。

どれほど、かっとなったとしても、殺人をおかすには、彼はあまりに小心なのだ。

スキャンダルを、極度に怖れている。それでいて、潤子に子供を生ませ、ずっとその関係を続けているのは、潤子が結婚を迫って彼を窮地におとしいれるようなことはしないと、安心しきっているのか。

彼は、事をなるべく穏便《おんびん》にすませたがるだろう。しかし、最愛の子供を無惨に焼け爛らされた潤子は、承知すまい。

私は、嫉妬に狂って、夫が愛人に生ませた子供を虐殺しようとした女として、起訴されるだろう。

嫉妬に狂った……。何という、人間らしい感情の動きだろう。

私は逮捕され、起訴される。

死刑になるだろうか。

牢《ろう》は、独房が好ましい。

完全な静かさが、そこにはある。私が他人に無関心であろうと、他人から愛されることがなかろうと、独房の中にいる以上、それはあたりまえのことで、少しも私の心の傷にはならない。何とか、他人と、鎖が噛みあうような密接な心のつながりを持たなくてはと焦り苛立つこともなく、ものうい静けさの中に溺れこんでいればよい。

強い火で熱しつづけられ、鍋の中の油は、薄青い煙をたてはじめていた。

比奈子は、ふいに、我にかえった。

——私には、できやしないのだ。煮えたぎった油を子供の頭にぶちまけることなど。

想像は、一瞬に、消えた。

そのとき、けたたましい泣き声がひびいた。突然、はじけかえったような、ぎゃあっ、という声に、比奈子は、六畳間の方にとんで行った。

泣き叫んでいるのは、千江だった。畳にあおのけにひっくりかえり、発作でも起したように手足を震わせて、わめいていた。

その顔面が、真赤に濡れていた。

傍に、金属製の自動車のおもちゃがころがり、その車体も赤く染まっていた。

足から力がぬけ、比奈子は坐りこんだ。

激しく、罰せられている。私は、罰せられている。

千江の額から目尻、頬にかけて、傷が口をあけていた。骨が白くのぞき、溢れる血が、たちまち骨をおおった。

千江を抱き上げ、罰せられている……と、比奈子は、震えながらくり返した。

治子が丸々した手をのばし、赤く濡れた自動車をつかみ上げた。振りかぶり、比奈子の顔を見ながら、また、力いっぱい叩きつけようとした。その手を、比奈子は横になぎ払った。

千江は、泣きつづけている。泣くたびに、全身に力がこもり、額の血管が怒張《どちょう》し、血が溢れ出る。

比奈子の震えが、少しずつときほぐれた。唇に、微笑のようなものが浮んできた。

膝の上の千江を抱いた腕に、比奈子は力をいれた。

一語々々、嚙んで含めるように、

「いい、千江。おまえの顔に生涯残る傷をつけたのは、その女の子よ」はっきり声に出して、言いきかせた。

「額から頬まで、ひどい傷が残るよ。おまえは、その女の子を、一生、憎みつづけるのよ。躰を灼《や》きつくすほどの憎悪を、持ちつづけるのよ。その女の子の名前は、山本治子。そいつの母親が、おまえのお父さんを奪ったんだよ。憎みなさい。憎みなさい」

憎悪。冷え冷えした無関心より、どれほど生きてゆくのに好ましいことか。

憎みなさい。私は、おまえが羨ましい。

いまなら、治子を殺せるかもしれない、と思ったとき、激しい戦慄《せんりつ》が全身を走った。

その瞬間、別の思いが、比奈子をひき戻した。

油の鍋を火にかけたままだ！

比奈子は、背後を振り返るのが怖ろしい。

すでに、火柱が立ち、天井にとどきはじめたのではないか。

血まみれの子供を抱きしめながら、比奈子は、何ものともわからぬものにむかって、助けて！

と叫んでいた。

声

赤電話に手をかけて、ふと、ためらった。妻の由子に、今日は早く帰宅する、と告げるつもりであった。

定時に退社して、まっすぐ帰るという意味である。麻雀をやる予定だったメンバーの一人が、急に抜けた。子供が原因不明の高熱を出し入院させたと、家人が連絡してきたためである。このところ負けがこんでいたその男は、退社時間になると、病院に行ってやらねばと、そそくさと帰って行った。他の者も、何となく気勢をそがれ、たまには子供といっしょに夕飯でも食うかと独《ひと》り言《ご》つ者がいたりして、麻雀は流れた。

結婚以来九年になるが、ほとんど最初の日から、彼は、午前零時より前に家に帰りついたことはなかった。

由子をうとんじたわけでも、家庭がわずらわしいわけでもなかった。社が退《ひ》けたあとは、麻雀に興じたり飲み屋に寄ったりという独身時代からの習慣が、そのまま何となく尾をひいていたにすぎない。

アパートに由子と二人でいても、手持ちぶさたということも、あった。九歳年下の由子との間に、共通の話題はほとんどなかった。三十過ぎて結婚した彼は、新妻の躰が珍しくてならないというほど初心《うぶ》ではなかったし、由子はまた、ひどく淡白で、彼の方から積極的に誘わなければ、触れあうことを求めようとはしなかった。ぼんやりTVを観ているくらいなら、麻雀や飲み屋で時を過す方が、性にあっている。

由子と結婚したのは、たまたま、上司から紹介され彼女と見合したのと、申し込んでおいた公団アパートの当選が重なったからであった。独身者は申しこめない二DKなので、許婚者がいることにしてあった。もし落選していれば、由子との結婚はことわったかもしれない。一間きりのアパートで、それまで赤の他人だった女と肌を擦りあわすようにして暮らすのは、うっとうしかった。

家にいる間、四六時中、他人の視線を感じるのは息苦しい。そうかといって、一生独身をとおす気もなかった。彼は自分をごく平凡な人間だと思っていたので、平凡な人間にふさわしく、妻《めと》を娶り、子供を持ち、家庭を持続するつもりでいた。

子供はできなかった。三年たっても妊娠の兆《きざ》しがみられなかったとき、彼は妻を検診に行かせた。あたしの方には欠陥はないそうよ、と、由子は病院から帰ってから、少し目を伏せて言った。あなた、診てもらう？

妻の躰が他人の手でひらかれた病院での情景を思い、彼はそのとき、いくらか昂った。ゆるやかな淫蕩《いんとう》の気配を妻の躰に感じ、彼女の肌がきめ細かく仄白《ほのじろ》く、皮膚の下にうっすらと脂がのっていることをあらためて認識した。

彼は医者には行かなかった。自分の方に欠陥があるとは思いたくなかったし、もし、無精子というようなことであれば、医者に診せようと診せまいと、子供ができないことには変わりない。強《し》いて欲しいわけではなかった。彼はただ、妻が石女《うまずめ》かどうか知りたかったのである。自分の所持品が、最初から欠陥品なのを押しつけられたものかどうかを確認したい、そんな気持に似ていた。もし欠陥品であれば、これはまことに忌々《いまいま》しいことだ。

ビルの入口にある赤電話の前に立った彼の背後を、何人もの足音が通り抜けて行く。退け刻《ひどき》なので、エレヴェーターは、絶え間なく上下して、扉が開くたびにサラリーマンを一塊りずつ吐き出す。懶惰《らんだ》で騒々しい暮れ方であった。

赤電話の受話器をはずそうとして彼がためらったのは、数日前の深夜、奇妙な電話に脅されたのを思い出したからである。

その夜も、彼は酔って帰宅した。由子は睡っているとみえ、出迎えなかった。帰宅の時刻が不規則なので、由子は、そのときの気分で、起きて待っていたり、先に寝入っていたりする。

彼は、自分が気ままを通すかわり、由子の行動も束縛しないつもりでいた。起きてこないからといって腹を立てることはなかった。だが、そのとき彼が不愉快さをおぼえたのは、由子がまた、犬を抱いて寝ているにちがいないと思ったからである。四匹の犬にとりかこまれて、おだやかな表情で睡っているにちがいない。団地で犬を飼うのは禁じられているが、由子は、これだけは強情に禁を犯したのだった。

玄関の土間に続いたダイニング・キチンで水を飲もうとしたとき、けたたましく電話が鳴った。深夜の電話は、妙に不安と苛立たしさをかきたてる。由子が目をさまさないようにという心づかいもあって、彼は隣室にいそいだ。やさしい心くばりというよりは、由子と四匹の犬がいっせいに起き出し、ざわめきたつさまを思うと、ぞっとしたからである。成犬が一匹と仔犬が三匹である。成犬は彼の傍には寄ってこないが、仔犬は、彼の気持にはおかまいなしにまつわりつき、由子がまた、ぱたぱたと動きまわって犬どもを寝床に追い戻そうとし、スラップスティックまがいの騒動を深夜まき起こすのは、まっぴらだ。

居間にしている四畳半の明りをつけ、ベルが二度鳴ったところで、ＴＶセットの上に置いてある電話機にゆきついた。

彼は、反射的に腕時計に目をやった。午前一時十五分。こんな夜更けに、誰が……？　よほど緊急な用事にちがいない。危篤の報を受けそうな心あたりもないが、深夜の急報が良いしらせであるはずはなかった。

もし間違い電話だったら、どなりつけてやるぞ、と思いながら、受話器をはずし、耳にあてた。そのとたん、大勢の人間の哄笑《こうしょう》が、耳にとびこんできたのである。瞬間的に、大勢の、と思ったが、一人の声のようでもあった。嘲《あざけ》りと悪意と、とほうもない陽気さをこめて、笑い声は、送話口から噴き上がり、耳をたたきのめした。

「もし、もし。もし、もし」

彼の呼びかけは無視され、笑い声はヒーッと甲高くなり、また、腹の底から爆発するような馬鹿笑いになった。背筋を悪感が走った。相手は、きちがいか。

「もし、もし。あんた、誰だ」

返事のかわりに、哄笑がつづいた。腹をかかえ、のたうちまわらなくては、こんな笑い方はできまい。いくら呼びかけても、こちらの意思の通じない、壁のような笑いであった。

彼は、受話器を叩きつけて、切った。ようやく、からかわれたのだと悟った。笑い袋というやつに違いない。アメリカから輸入された、いたずら用のおもちゃだ。彼は実物は知らなかったが、そういうおもちゃがあることは話にきいていた。小さい袋で、口を開けるか何かすると、馬鹿笑いが爆発し、数分続くという。まったく、血のしたたる肉をたっぷりむさぼり喰らう奴らでなくては、あんな笑い声は出せるものじゃない。あれは、肉食獣の笑い声だ。

彼の知人友人には、そんなおもちゃで人をからかって楽しむような者は思いあたらなかった。相手はおそらく、見ず知らずの他人で、深夜、でたらめな番号をまわしたのだろう。受験勉強疲れの高校生でもやりそうな悪戯だが、彼はなぜか、しかつめらしい顔をした独り者の中年男を想像した。三十七、八から四十二、三……つまり、おれと同じくらいの年配だ。もう、悪戯はとうに卒業してしまったような……。

恐怖にかられ、うろたえた自分は、まんまと相手の思う壺にはまったのだ。彼は、自分のうろたえざまに腹を立てたが、同時に、相手も索漠《さくばく》としているのではないかと思った。成功した！とほくそ笑むより、虚しく自慰が果てたあとのような呆けた顔をして、電話が切れてもまだ止まらぬ高笑いを爆発させる布の袋を眺めている中年男……。

隣室との境の襖を開けた。六畳の和室に二組敷き並べた蒲団の一方で、由子が眠っていた。由子の顔の横には、黒《ノアール》と彼女が名づけた短毛種の黒い犬の顔があった。

タオルケットが由子の躰の上で不規則な波状に盛り上がり落ちこんでいるのは、三匹の仔犬が、彼女の腹の上や腿の間などにうずくまっているためだということは、上掛けをはいでみなくても、彼にはわかっていた。コンクリート壁の気密性の高い部屋に、犬の体臭と、かすかに汗ばんだ由子の肌のにおいがたちこめている。

由子は目をさまさないが、黒犬は、目を開けていた。彼を認めても起き上がろうとはせず、上目使いに彼を凝視していた。居間から射しこむ明りが、犬の顔と由子の顔の半分を切りとり、光の中においていた。

彼は、急に深い疲労をおぼえた。

由子が野良犬を連れこんだとき、孕んでいるとは気づかなかった。漆黒の毛が極端に短く、黒くなめらかに濡れた皮膚そのもののようにみえる。大きさは柴犬ほどだが、細い尖った顔や、ほっそりしてしかも強靭《きょうじん》な四肢は、洋犬の血が混っているようだった。雑種には違いないが、何か未知の純血種ではないかと思えるほど、ととのった体軀《たいく》であり、顔だちであった。

彼は犬を嫌いではなかったが、団地のきまりを破り隣人たちの批難を無視してまで飼う気にはならなかった。部屋は三階だった。他の住人に内緒で飼うとしたら、室内に閉じこめたきりにしておくほかはない。

捨ててこい、と厳しく言ったが、由子は急に彼の言葉が理解できなくなったとでもいうように、異邦人のような顔で、黙っていた。

帰宅するたびに、由子の蒲団の中にいる犬を見出した。そうして犬は仔を産み、血なまぐさいにおいが室内にこもったのだった。悪露《おろ》のにおいは、一月たっても消えなかった。

由子が犬を抱いて眠っていると、彼は、自分の蒲団を居間の方にひきずって憩《やす》むのだが、由子は、毎晩、二組の蒲団を並べて敷いた。二枚の敷蒲団の間には、手の幅二つほどの間隙が保たれていた。

考えてみると、犬を飼うようになってから由子の態度が変わったということではなかった。はじめから、いつも、おっとりした表情で、日向水《ひなた》の中を泳ぐ動作ののろい魚のように、ゆるやかに動いていた。

急に不快感がこみ上げ、彼は、手荒く上掛けをむしりとった。由子は、なお、醒めなかった。その腹の上に仔犬が一匹、腋窩《えきか》に頭を突っこむようにして一匹、腿の付根に頭をのせて一匹。そのさまは、全身に——陰《ほと》のあたりにまで雷獣をしがみつかせ黄泉《よみ》に睡る古代の女神を、ふと連想させた。

彼は、黒い犬の頭を蹴った。犬は、のどの奥をくっと鳴らしたが、懶惰に寝そべった姿勢をくずそうとはしなかった。犬の前脚の一方は、由子の胸乳《むなぢ》のあたりにおかれていた。

この犬は、決して吠えなかった。人が来たとき吠えると咎《とが》められるからと、由子は獣医に連れて行き、手術をしてもらったのである。どのような手術か、彼は聞かなかったが、声帯を傷つけるか麻痺させるかしたのだろう。

由子が目を開いて、見上げていた。邪気のないおだやかな表情であった。

赤電話の受話器を握る彼の手が、汗でねばついていた。

あの笑い袋を……と、彼は思った。由子の耳にぶちこんでやったら、どうだろう。

何かが、変わるだろうか。

結婚の最初から、拒否されていたのは、おれの方なのか。二つの性が、躰をかわし、一つの空間の中に棲むようになったからといって、どういうこともない、と、彼は思っていた。だが、相手も同じことを思っていたのではないか、と考えついたとき、彼はうろたえた。

自分では、妻とか家庭とかいうものに、たいして重きをおいていないが、妻の方では、彼にすがり、家庭をこよないものと大事にしていると、当然のように思っていたのである。

それから、あの男は、あの後も……と、連想がとんだ。何度か、同じいたずらをくり返しているのだろうか。——彼は、いたずらをしたのが男と決めこんでいた。

おれなら、一度やれば十分だな。一度だけ、爆発させ、何かを破壊し、それでいいのだ。何という虚しい破壊か。

笑い袋のかわりに、由子が電話口に出たとたんに、おれが馬鹿笑いを爆発させてやろうか。いつまでも笑いつづけ、しまいには血を嘔吐するほど。陽気に、けたたましく。

そうしたら、由子を包んでいるあの捉えどころのない霧の膜のようなものが破れ、皮膚を剝ぎとられたように、由子の頬に、なまみの血の粒が浮かぶだろうか。

そんなことを思いながら、彼は受話器をとり上げ、ダイアルを廻した。発信音が三度ほど鳴り、むこうの受話器のはずれる音がした。

ビル街の真中で馬鹿笑いを爆発させるというような非常識なことはできず、「おい、ぼくだ」と、彼は尋常に呼びかけていた。

む、む、と、送話口のむこうの声は口ごもった。

「おい、由子だろう。ぼくだ」

あ、あ、あ。相手は、ひどく、どもった。掛けちがえたのかと思い、彼が切ろうとしたとき
「あなた」由子の声であった。

「どうしたんだ」

聞き返すと、む、む、あ、あ、と、また、吃音者《きつおんしや》が何とかして言葉を発しようともがき焦るような声が続いた。

「おい、ふざけているのか」

くっ、くっ、とのどを鳴らすような音、それから、うふ、うふ、と、含み笑いのような声。

由子は、強度のノイローゼにおちいっているのではないか。神経症状の一つとして、突然、激しい吃音状態になるという話をきいたことがある。そう思いついたとき、懼《おそ》れが悪感となって背筋を走った。

それとも……ふと、思った。あいつ、おれのいない間に男でも引き入れて……突然おれから

電話がかかってきたものだから、あわてふためき……。

「おい、由子……」

一本の電話線のむこうにいるものの声は、意味をなさぬまま、ふくれ上がった。

う、う、う、声が狂暴に膨張し、言葉にまとまろうとする寸前、彼は、ぞっとして、電話を切ろうとした。受話器を置こうとしたとき、送話口から噴き上がる由子の、誇らかな遠吠えの声を、彼は、かすかに聴いた。

家族の死

1

冗談じゃない。

妹というのなら、わかる。親父かおふくろのかくし子というのなら。あなたの娘ですというのだから、慌てた。

いくつだい。十五。

冗談じゃない。おれ、二十九だぜ。十四のときにタネ仕込んだおぼえなど、断じて、ない。

でも、あなた、ユッちゃんの夫でしょ。ユッちゃんは、あれでも、まぎれもなくあたしの母親なんですから。

なんだ、そういうこと、と、寛《かん》は苦笑した。まぎれもなく、か。

由津子が三人の子供を離婚した夫のもとに置いてきたことは、彼も承知している。

しかも、離婚はこれが二度め、三人の子供のうち上の二人は最初の夫とのあいだの子というのだから、かなり複雑で、二度めの夫、関川は、まるで血のつながらない娘を二人と、自分の息子を一人、ひき受けて妻と別れたわけだ。

正式に離婚が成立するまでに、時間がかかった。関川が、由津子の籍を抜くのをなかなか承知しなかったのだ。七つも年下の、定収もない男といっしょになっても苦労するだけだ、由津子はのぼせあがると前後のみさかいがなくなる、いずれ厭気《いやけ》がさして帰ってきたくなる、早まって籍を抜いたりするな、と言いはったが、とうとう折れて、協議離婚となった。

関川氏って、ほんとにいい人なのよねえ、と由津子も言う。いい人すぎちゃって困る。

寛は由津子より七つ年下だが、関川は、これは十五も年上である。由津子の最初の夫は大学の同級生だから同じ年、学生結婚だった。十九で真子《しんこ》を産み、翌々年千夏《ちか》を産み、その翌年別れている。男の方が、ほかの女を好きになった。

高校教員の関川と再婚したのは八年前だ。

関川の家を出るとき、由津子は三人の子供にどうするか訊いた。ユッちゃんは、寛ちゃんがどうしても好きだから、寛ちゃんのところに行くからね。いっしょに来たければ来なさい。

十七歳の真子と十五歳の千夏は、考えてみるといって、二階の自分たちの部屋に入り、わりあい簡単に結論を出してきた。

ユッちゃんは、好きな人のところへ行くのだから、淋しくないでしょ。お父さんは、一人置いといたら駄目になっちゃいますから、あたしたちは、健《たける》といっしょに、お父さんのところに残ります。千夏が言った。

そう、と、由津子はさすがに少し泪ぐんだ。

でも、何か相談ごとや困ったことがあったら、いつでも来なさいね、と、鼻のつまった声で言うと、

ユッちゃん、こういうときユッちゃんが泣くのは、卑怯です。千夏は真剣に怒った声を出した。こらえていた分が、思わず激しい声になって爆発したのだろうと、そのときのことを思い出して話すとき、由津子はやはり濡れた声になる。

それじゃあ、まあ、がんばってください。

由津子の背中に、千夏はそう言った。真子は、とらえどころのない、うっすらした笑顔で見送った。

そんないきさつは、寛も由津子から聞いていたのだから、娘ですといわれたとき、すぐ、千夏と思いあたるべきだった。小柄で痩せていて、小学生ぐらいにしかみえないので、とっさにそれと気づかなかった。

由津子とはまるで似ていない。父親似なのだろうか。そうすると、学生結婚した最初の夫と

いうのは、よほど貧弱な男だったのだろうか。時が苦い記憶を洗い流したのか、その男については、由津子はほめ言葉しか口にしない。頭のいい人だった、と、それが一番の特徴のように言う。

「せっかく来たのに、ユッちゃん留守なんだよ。ゆっくりしてっていいんだろ。あがりなさいよ」

入口の土間につづいたダイニング・キチンとアトリエ兼寝室の一ＤＫのアパートである。境の板戸はとり払ってあるから、入口に立てば、一目で室内が見渡せる。

千夏は好奇心まる出しでエッチング・プレスを置いたアトリエをのぞきこんだが、

「いいえ、いいんです」力んだ顔で、「留守なら帰ります」

「紅茶ぐらい飲んでったら」誘うと、

「それもそうですね」と、あっさり気を変えた。

寛は〈紅茶〉とマジックで書いた罐の中みを薬罐《やかん》に入れ、魔法びんの湯を注ごうとした。

「お湯は沸騰させてから注ぐべきですね」

千夏は口を出した。

「寛ちゃんは、家事はだめな人みたいですね」

「そうでもないよ」寛は苦笑した。

関川との離婚が法的にも結着がついてから、この部屋に友人が集まり、一応結婚パーティーという名目で飲み騒いだことがある。
十四、五人集まったなかに、由津子が、中学高校六年間を通して親しくしていたという友人がいて、これが、どうして由津子とウマがあうのか不思議という、根っからのアッパー・ミドルの奥さまであった。
言うことが、一々常識に適っている。

三人の子供が、愁嘆場《しゅうたんば》も演じないで由津子を送り出したという話になると、

「ユッちゃん、子供がそんなにものわかりがいいのって、子供にとって、決して倖せなことじゃないのよ」懇々と教えさとす口調になった。

「真子ちゃんだって千夏ちゃんだって、どんなにがまんしているか、あなた、わからないの？だいたい、あなた、母親になる資格ないのよ。自由に好きなように生きたいなら、なんで、子供三人も作るのよ。

母親の姿勢ってものが、欠けてるわよ。子供にユッちゃんと呼ばせるなんて、何ですか」

「うん、あたしが一番世話のやける子供だって、千夏にも言われる」

由津子がひどく素直に言うと、アルコールの入っている友人は歯止めのきかない状態になっ

て、ますます言いつのり、

「関川氏だって、えらいわよ。あなたって人は、よく言えば純粋ってことなんでしょうけれど、子連れで政治デモに参加したり、基地反対の坐りこみやって、ポリとわたりあって痣《あざ》だらけになったり、関川氏、大怪我したらって、はらはらしてたわよ。それに高校の先生としては、奥さんにあんなことやられたら、立場困るわけよ。それでも力ずくでとめたりはしなかったじゃないの。あなたのこと、すごく愛してるのよ、彼は。

あら、寛ちゃん、ごめんね。そりゃ、寛ちゃんいい人よ。みんないい人でさ、あら、あたし何を言ってるんだろう。酔っぱらったみたい。とにかく、あんたは真子ちゃんや千夏ちゃんや健ちゃんに、すごい重荷しょわせたのよ。

ことに、千夏ちゃん、気をつけてあげなさいよ。あの子、強そうにみえてデリケートなんだから」

「ちょっと令夫人」と、寛の友人の一人がギターの調弦をしながら、「もう、そのへんでいいんじゃない。おたくが言ったようなこと、おたくに言われる前に、ユッちゃんが十分自分で自分に言ったことなんだから」ガシャガシャガシャガシャと弦をかき鳴らし、令夫人は、皆の歌ったり踊ったりに巻きこまれ、わァ、楽しいわァと、誰より騒々しくはねまわって、まっ先にダウンした。

そんなことを思い出しながら、寛は沸騰した片手鍋の熱湯を茶ッ葉の入った薬罐にいれ、ティー・カップに注いで千夏にすすめた。

千夏はすすりかけて額に皺を寄せ、「ネコ舌なのです」と、スプーンですくって、唇をとがらせ吹いた。

「ユッちゃん、パートでスーパーに行ってるんだよ、七時ごろには帰ってくる。そういえば、今日、学校は？」

「寛ちゃんのいってた学校は、日曜でも営業していたのですか」

「あ、今日は日曜か」

「関係ないんですね、何曜だろうと、寛ちゃんの仕事は」エッチング・プレスに千夏は目をやった。壁には作品が二点かけてある。千夏はティー・カップを片手にアトリエに入り、あちらこちら眺めまわした。エッチング・プレスのハンドルをまわしてみたり、机の抽出しを開けてみたりしていた。

せんべいでも残っていなかったかと、台所の戸棚を探しながら、

「晩飯いっしょに食ってったら」と寛は誘った。「ユッちゃんに、スーパーで材料たっぷり仕込んで帰るように電話するよ」

「いえいえ」ふりかえった千夏は、左手をワイパーのようにふった。「今日は、一家団欒《だんらん》の日曜日、というわけで、我が家に帰ります」

「ユッちゃんに何か用事だったんだろ」

「そうなんですけどね」

「スーパーに行けば会えるよ」

「でも、仕事中、いけないでしょ。時間給でしょ、ユッちゃんは」

いいんです、べつに、と気迷いを断ち切るように、千夏は言った。

寛は、辛《つら》いものを感じたが、何も言える立場ではなかった。

2

妹は、このごろ弟を打たなくなった。

こう書いて、わたしは吐き気をおぼえる。

妹。弟。こういう言葉が、わたしに吐き気をおぼえさせるのだ。

今日、学校の帰りに本屋をのぞいているとき『家族の死』というタイトルが眼を刺した。まさに、光が眼を射抜くように。

わたしが手をのばすと、本は、わたしの手にとびこんできた。

著者はD・クーパー。ぱらぱらとめくる。

〝……たとえば、幼女は自分自身という幼女である前に、幼女らしい幼女であるべく無理強いされ……〟

〝自分自身という子供になるのではなく、単に子供のようなものになってしまい……〟

値段は一七〇〇円！　たった二〇〇ページなのに。関川氏がわたしに与える小遣いは月三〇〇〇円である。わたしは本をバッグにしまい、レジの前を素通りして外に出た。この本は熟読に値いしそうだ。

電車の中で、更に読んだ。

〝……その若者は、自分の母親を乗せて飛び立った満員の旅客機を時限爆弾で爆破したのであったが、これに先立って『ぼくにとって母親らしかった人へ』と書いた母の日のカードを母親に送っていた……〟

ビバ！　ユッちゃん！　あなたは母親らしくあろうともしないから、時限爆弾不要。

時限爆弾は、『家族』に仕掛けねばならぬ。

ところで、妹はいつごろから弟を打たなくなったのだろう。

なまやさしい打ち方ではなかった。痕が残った。しかし、健の世話をするのも風呂にいれてやるのも、わたしと千夏の交替制だから、由津子も関川氏も気づかないでいた。

由津子というのは、倖せなひとだね。

『家族』を放り出せるから倖せだというのではない。放り出せるほど男に夢中になれるところが倖せなのだ。

わたし、『家族』のかわりに何があるだろうか。

わたし、男によく誘われる。でも、こっちが好きになったことはない。

ところで——世の大人は、大人であるというだけで、いかなる大人といえど、暴力的存在であると自覚しているのだろうか。

3

千夏の死は、新聞にほとんど埋草のように、十行内外の記事で報じられた。

深夜、留守番をしていた十五歳の少女が、居直り強盗に襲われ死亡した。都会のできごととしては、それほど特異なものではなかった。

新聞にのる前に、由津子と寛は、関川から知らせを受けた。

電話がかかってきたのである。

最初応対に出たのは、寛だった。

ちょうど、寛の友人が二人遊びに来ていた。麻雀をしに来たのだが、実際は、由津子の手づくりの夕食にありつくのが目的であった。

「魂胆はわかってるんだからね」笑いながら由津子は乏しい材料をやりくりして、ヴォリュームたっぷりの食事を作りあげる。

寛の仲間は、金がなくて飯が食えないとなると、やってくるのだ。由津子はたのしそうに彼らを迎える。ビールや安物のウィスキーを彼らのために欠かさないようにしている。

おれといっしょになってから、由津子は前よりいっそう魅力的になったと、寛は思う。自己満足ばかりではない。あのパーティー以来、〈令夫人〉が通り名になった由津子の友人でさえ、しぶしぶながら、それを認めていた。

高校教師の妻として、押さえていた奔放なところが、猛々《たけだけ》しい力で開花した。それが、何げない仕草にもあらわれる。

背の半ばまで垂らした髪が、時に、肩をゆすり首を振り上げるときに勢いよく躍る。つぎはぎのジーンズに洗いざらしたTシャツが、違和感なく身についている。

令夫人が言ったように、由津子は以前、自衛隊基地撤退要求の住民運動に、軀《からだ》をはるといった感じで加わっていた。

米軍のキャンプが、米軍が返却したあと自衛隊の基地になるというので、学生と地元の若い主婦層を中心に、反対運動が盛り上がったのである。

キャンプの前の広場にテントをはり、反対同盟のメンバーが交替で泊りこんだ。後にテントは、もう少し恒久的な掘立小屋にかわった。イデオロギー闘争にすりかわるのを嫌って、政治色の強い学生グループの支援は拒否していた。

小屋では、自衛隊の動きを監視し、反対闘争の経過を記したガリ版を発行し、アッピールの放送を行なった。

寛は違う町に住んでいたが、友人に誘われて、二、三度小屋を訪れた。

ゲバラの顔写真を壁に貼り、煙草とラーメンのにおいがしみついた小屋で、寛は、由津子をみかけた。寛は人見知りが強いので、話はほとんどかわさなかったが、一目で惹かれた。

そのときは子供を連れていなかったので、寛は由津子を女子学生だと思った。後で友人から、高校教師の妻で、年も三十を過ぎ、子供が三人いるときいて、唖然とした。

運動の最中に、幾組ものカップルが生まれ、結婚した者もあった。

一時は熾《さかん》に盛り上がった闘争も、長びくにつれ、なしくずしに下火になった。学生たちは散ってゆき、主婦たちは家にかえった。デモ参加者も急速に減った。

小屋は最後までがんばっていたが、強制的にとりこわされることになった。

その夜、破壊された小屋の残骸に火を放って、メンバーはボン・ファイヤを行なった。寛は、友人に誘われ、ボン・ファイヤに参加した。由津子に逢えるラスト・チャンスだという気があった。

ゲバラ髯《ひげ》の学生が火の粉を浴びながらボンゴを叩き、ギターを弾くものがあり、歌い、踊った。

その熱狂のなかで、寛は由津子を目で追っていた。由津子は長い髪を振り乱し、サンダルを脱ぎ捨てて踊っていた。学生の一人が由津子を抱きしめ、強引に唇をあわせるのを目にした。由津子は、ちょっと軀をそらせたが、それ以上拒絶はせず、あいさつを受け入れ、また、ほかの学生の方に移っていった。

寛は強い刺激を受けた。人垣をかきわけ、由津子に近づいた。むかいあって、リズムに軀をのせながら、由津子の腰に手をかけ、ひき寄せた。由津子はすっとのってきて、きらきらした眼でまともに寛を瞠《みつ》め、前からの約束でもあるように、自然に唇をあわせた。唇をあわせながら、軀はたえず音楽にのってはずんでいた。

それから、由津子と逢うおりはなくなった。

数年後、寛は原宿の画廊で小さい個展をひらいた。友人にきいて住所をしらべ、由津子に招待状を出した。印刷した案内の末尾に、初日のオープニング・パーティーに、よかったら来てくださいと、手書きを添えた。

折りかえし、返事がきた。封書だが、中みは便箋一枚で、簡単な文面だった。

追伸、として、切手は水で濡らしてください、スタンプが消えて、また使えます、と記してあった。

花柄のきれいな記念切手であった。濡らせばはがれるかもしれないけれど、スタンプは消えないはずだと思いながら、念のため、水のついた指でこすった。スタンプはきれいに消え、指先がべとついた。更に水にひたして、切手をはがしとった。はがしたあとに、虫眼鏡を使わなくては読めないほどの小さな文字で、それも滲まないよう鉛筆書きで、ヒケツは切手の表面にうすめた糊をぬっておくこと、と書いてあった。

中学生か高校生でもやりそうないたずらだと、寛は苦笑した。由津子に言わせれば、切手の二度使いは、公共料金値上げに対するささやかな抵抗のつもりなのだろう。

オープニング・パーティーで寛は由津子と再会した。

電話のベルが鳴ったとき、四人は麻雀の最中だった。

由津子が立とうとするのを、電話に一番近いところにいた寛が、「おれ、出るよ」と、寝ころがって手をのばし受話器をはずした。

「カンチャン待ちだな」友人の一人が言い、由津子は、ちょっとたってからその駄洒落に気づき、のどをそらして笑った。

「ユッちゃん、関川氏からだ」

ヒョッというような声を、由津子はあげた。

「やだな。何だってんだろな」深夜の呼び出しに、不安を押さえた声で由津子は呟き、立っていって、受話器を寛から受けとった。

畳に横坐りになって応答している由津子の表情がだんだん真剣になり、電話を切ってからも、額を手でささえてうずくまっていた。

「おい、どうしたの」

「ちょっと……ちょっと行ってきます」

「関川氏のところか」

「うん、強盗がね……。そして、千夏が……」

「千夏ちゃんが、どうしたって」

由津子は、強い流れに逆らって水中を歩くような、おぼつかない足つきで、外出の身仕度をした。

「強盗だって？　……千夏ちゃんが、だって？　……。おい。ユッちゃん、まさか……」

「そうなのよ」

「おれ、いっしょに行こう」

「だめ」

「行くよ。もう、電車ないだろ。タクシー拾わなくちゃならないだろ。送って行くよ。ユッちゃんが困るなら、関川氏には会わないよ。送っていくだけだ。その様子じゃ、交通事故に遭いかねない。タクシー代ある？」

由津子は、抽出しから財布を出し、なかをしらべかけたが、「数えられない。寛ちゃん、みて」と放り出した。

五百円札が一枚と小銭がいくらか入っていた。

「足りねえな。もっとないの」

唇をひきつらせながら、由津子は首を振った。

「おい、貸せよ」

「ああ」友人二人がポケットから洗いざらい出した銭を、寛はつかんだ。

バス通りまで歩きながら、由津子は、はっきりした言葉にならない声を出しつづけていた。喘《あえ》いだり呻《うめ》いたりすることで、心の苦痛をまぎらそうとしているようだった。

空のタクシーを拾うまでに十分以上かかった。

車に乗ってから、

「強盗って、つかまったのか。関川氏はどうしてたんだ。千夏ちゃん一人怪我をしたのか」

運転手をはばかり、小声で寛は訊ねた。

「怪我どころじゃない」由津子は言い、吠えるような声で泣きだした。

4

もう、由津子は帰って来ないのではないか。

団地内の公園のベンチに腰かけて、寛は思った。

関川の住まいは、かなり広大な団地の建物の一階にあり、由津子と寛が着いたときは、深夜にもかかわらず、事件を知った人々が起き出して入口のそばに集まっていた。警官がロープをはり、野次馬を制止していた。由津子もとがめられた。

由津子が事情を話すより早く、野次馬のなかから、

「関川さんの奥さんですよ、おまわりさん」「千夏ちゃんのお母さんですよ」と声があがり、由津子はロープの内側に導き入れられた。警官につきそわれて入って行く由津子の背を見送り、立ち去ろうとする寛の耳に、刺々《とげとげ》しい声がささった。

「あれよ、千夏ちゃんのママのあれ」

「図々しいねえ、いっしょに乗りこんでくるんだから」

「ひどいもんだねえ」

「ふつうの神経だったら、できるもんじゃないわよ」

「子供がいるっていうのに」

ベンチに腰かけた寛は、それらの悪意にみちた声はすぐ忘れた。

しかし、由津子は辛かったことだろうと思った。由津子は、子供のことや過去の結婚のことは、あまり寛に語らなかったが、それでも時たま、最初の結婚がうまくゆかず、二人の子供を連れて実家に帰ったとき、近所の人たちからずいぶん厭みを言われたと洩らした。

真子と千夏も、離婚した女の連れ子ということで、近所の子にいじめられた。

だから、真子も千夏も、強くなったわ。今度は健も強くなるでしょ。突っ放すような言い方をした。しかし、子供のことが絶えず心にかかっているのは、寛にもわかり、由津子がときどき子供たちの様子をみに関川の家をのぞきに行くことも知っていた。

声をかけられた。警官が目の前に立っていた。

「何をしている」

「べつに何も」

職務質問であった。不審訊問という旧法の言い方のほうがぴったりする。

「ぼくのかみさんの、前の亭主のうちに強盗が入って」と、彼は言った。

「何、関川家に、関係のある人かね、あんたは」

そうです、と彼は説明した。しかし、警官はなかなか納得せず、たしかめるから来いと命じた。

「強盗が入ったとき、関川さんはどうしていたんですか。千夏ちゃんだけが被害を受けたんですか」

彼の質問に、警官は応えなかった。

ロープで遮断された建物の中に導き入れられた。

「あら、また戻ってきたよ、あの人」

「おまわりさんといっしょよ。何か悪いことしたんだろうか」

「強盗って、あの人が関係しているんじゃないの」

もうじき、強盗は実は由津子の情夫だったなどという噂に変形しそうで、寛は、いささかぞっとした。

部屋の中は、数人の捜査官が荒い足どりで動きまわり、由津子は白布で顔をおおった骸《むくろ》のそばに突っ伏していた。その脇に小さい男の子が軀を寄りそわせ、壁ぎわに、十七、八の少女が蒼ざめた顔で壁にもたれていた。

千夏の弟の健と、姉の真子、と、寛は見当をつけた。

関川は、遺体の枕頭に腕組みして坐っていた。捜査官たちの無遠慮な動きから、彼の家族を護っているというふうにもみえた。

真子を見て、寛は気をのまれた。

まるで過熟した果物のようだ。外側の果皮はまだ固いのに、そのなかでゆたかに肉が熟《う》れている。母親の由津子とは逆だ。由津子は肉づきがよくたっぷりしているのに、成熟の自覚が薄くて、女の技巧を知らない。

それでも外見は、黒くて細い千夏よりははるかに、由津子と真子は似かよっていた。

関川が、にらむように寛を見た。

「この人が」と警官は捜査官に「こちらの奥さんの夫だというんで、一応確認のために……」

「なんで、あんた、ここに来たんですか」

関川が不愉快そうに言った。

ユッちゃんを、と言いかけて、寛は言いなおした。

「由津子を送ってきたんですよ」

「帰れ。出て行ってくれ」

関川は立ち上がり、大またに近づくと、寛の肩を突いた。

「奥さん」と警官は呼んだ。「この人は、奥さんの」

「ええ、そうです」由津子が顔をあげて言った。「寛ちゃん、先に帰っていて」

関川が手をあげて、由津子の頰を打った。

寛は駆け寄ろうとしたが、警官にとめられた。

「ユッちゃん」と、彼は呼んだ。しかし、彼が何か言えば、それだけ関川を激昂させると思い、口をつぐんだ。

必ず帰って来い、と言いたかった。真子と健を見て、その言葉を口にしかねた。

団地を出たが、タクシーはすぐに拾えそうもなかった。彼は、深夜営業のスナックを探し駅の方に歩いて行った。朝まで飲んで、もう一度様子を見に団地に戻ろうと思った。

5

寛は、駅のベンチで目ざめた。店が看板になるからと追い出され、他に行くところもないまま、駅に来て眠りこんでしまったのだ。

ラッシュアワーにかかり、人の行き来が激しくなっていた。

アパートに帰る気にもなれなかった。寛はスタンドで新聞を買った。昨夜の事件はまだ報道されてなかった。

通勤者の流れとは逆に、彼は団地の方に歩いて行った。

どきっとして足をとめた。通勤者の群れのなかに混った女子学生が、真子であった。

むこうでも彼を認めた。

「こんな日に……」と、彼はどもりかけて言った。「学校、休むんじゃないの」

「テストがありますから」真子は言った。

「だって……」

「ちゃんと、警察の人から外出許可はもらってあるんですよ」

「それにしてもさ……」

「実は、学校に行く気はないんですけれどね……」真子は言った。「なにしろ、狭いでしょ。そこへ、親類だの何だの集まってきて、泣いたり騒いだりでしょ。もう、かなわない。学校へ行けば行ったで、テレビ・ニュースなんかで皆知っているだろうから、また、うるさいし。どこか、人に会わないところへ行こうと思ったんです」

「うちにいなくていいのかね、こういうときに」

「寛ちゃんもやはり、そういう概念的な考え方をする人なんですか」

はン？　と寛は間の抜けた顔になった。概念的ってこういうときに使う言葉？

「あのね、千夏ちゃんは……」

「わかってます。あたし、見たんですから」

ぴしゃっと、真子は叩きつけた。

「おれんとこに来る？」少し考えてから、寛は言った。

「くわしいこと、ききたいんだ」

「いいですよ」真子は言って、ちょっと笑った。

電車は混んでいた。人ごみに押され、真子と離れ離れになった。まかれるかと思ったが、「ここで降りるよ」と、どなると、ついて降りてきた。


真子も、千夏のようにもの珍しそうにアトリエを眺めた。

「このあいだの日曜日、千夏ちゃん、ここに来たんだ」寛が言うと、

「知ってます」真子はうなずいた。

「何かユッちゃんに用事があったらしいんだけど、ユッちゃんはパートでスーパーに出ていて……」

「よく働きますね、あのひとも」真子は言った。

「ユッちゃん、昨夜はあれから、どうしていた？」

「気になりますか」

「そりゃあね」

「いいですね。羨ましい」

「恋人いないの？」

「いません。片想いさせるばかりです」

「千夏ちゃん、何の用事だったんだろう」

聞きたいことは、もっとほかにあった。昨夜の事情をくわしく知りたいのだ。しかし、あまりになまなましくて、口に出しかねね、今となってはどうでもいいことが先になった。

「ユッちゃんに、文句つけに来たんでしょう」

真子は言った。

「文句？」

「土曜日の朝早く、ユッちゃん、うちに来たんです。知りませんでした？」

「いつも、おれが眠っているうちに、パートに出かけてくから」

「健が遠足だったんです。それで、ユッちゃん、のり巻きと稲荷ずしを作って、健にとどけに来たの。ところが、関川氏は、その日は、朝早く起きて、健のためにのり巻き作っていたんですね。ユッちゃんはそれを見て、重箱の包みを開けることもしないで、泪こらえて関川氏にありがとうと一言、しょんぼり帰っていったんです」

「ちょっと待って。それ、きみの創作じゃないの」

「どうして？」

「重箱開けなかったのに、どうして、ユッちゃんがのり巻きと稲荷ずし作って持ってきたってわかるんだ」

「それは、わかります。遠足っていうと、あのひと、のり巻きと稲荷ずしだから。それで、千夏は、ユッちゃんにやめてくれって言いに来たんです。怒ってましたから、千夏」

「よけいなことをするって？」

「いつまでも中途半ぱなの、やなんでしょ」

「でも、ユッちゃんは、関川氏とは別れたけれど、きみたちのお母さんであることはかわりないんだから」

「寛ちゃん、昨夜の強盗事件について、ききたいんでしょ」見すかしたように、真子は言った。

「話すの、辛いだろう」

「でも、それが聞きたくて、あたしを連れてきたんでしょ」

「ああ」

紅茶を淹《い》れながら、「こないだ千夏ちゃんがここに来たときも、紅茶淹れてやった。ネコ舌

だって、スプーンですくって飲んでいた」寛が言うと、

「そういう、湿っぽい思い出話、嫌いです」

「思い出話か……。きみは、まるで平気みたいね」

「そう見えますか。ほんとに、寛ちゃんも概念的な人なんですね。家族の死に出会った者は、こういう顔をすべきだという基準があるみたいですね」

「しかし……きみは、冷静すぎるよ」

「そうですか。あたしがこうやって、寛ちゃんにとりすがって泣きくずれればいいんですか」

真子は、いきなり、あぐらをかいた寛の腿に顔を伏せ、強く押しつけた。

「おい、真子ちゃん」こういう場合に適当な言葉を、寛はいっしょうけんめい探した。ズボンの布地をとおし、やわらかい暖みがつたわった。「きみにゆうべの模様をきこうなんて、残酷だったよな」言葉が妙に上滑りする。「それでいて、きみを冷淡だなんて言って、おれ、矛盾してるよな。ゆっくり休んでいったらいい。話したくなけりゃ、何も話さなくていい」

真子は顔をあげながら寛に背をむけて横坐りになった。す早く顔をそむけたので、表情はわからなかった。

「顔、見ないでください」真子は抑揚を押さえた声で言った。「そういうものわかりのいいことを言う大人って、あたし、嫌いなんですね。ものわかりの悪い馬鹿も嫌いですけどね」

「それじゃ、どういうのが好きなのかな」あやすように軽く言ったつもりだが、真子は、壁の方をむいたまま肩をちょっと動かしただけだった。

由津子から慌《あわただ》しい電話がかかってきたのは、そのときだった。

「まさか、真子、そっちに行ってないわね」

「いるよ」

「いやだ！　そこにいるの」吐息がつづいた。

「気がついたらいないから、あっちこっち電話していたのよ」半分泣いていた。

寛は受話器を真子の方につき出しながら、

「外出するって警察の人に話して出てきたというの、嘘だったの？」

真子が受けとろうとしないので、

「ここにいるんだけどね、電話に出る気はないらしい」

「いいわ。置いといて、そこに。あたしが連れに行くまで、そこに置いといてね」

「ああ。今、少し話せる？」

「今？　いやよ、もう。真子がそこにいるってわかればいいの」

「帰ってくるんだろ、こっちに」

「うん」重い返事だった。「でも、葬式や何か、すっかりすんでからね。もちろん、今日はこれから真子を迎えにそっちに行くけれど」

関川の家の一人として由津子はふるまっていると、寛は思った。

「ユッちゃんが迎えにくるってさ」寛が受話器を置くと、

「帰るときは一人で帰ります」真子は軀のむきを変え、「このうち、ラジオはないんですか」

「そこ」と、寛はラジオとカセット装置を組みこんだステレオのセットをさした。

スイッチを入れてFMの音楽を流し、真子は、しばらく聴きいっていた。

「ゆうべの状況について、説明しますね」真子は言った。


昨夜、千夏が一人で家にいたのは、次のような事情によるものだった。

関川は、卒業した中学のクラス会があり、久しぶりなので三次会ぐらいまでつきあうことになるからと、この夜帰宅が遅くなるのは子供たちも承知していた。

団地の同じ棟、同じ階段の三階に真子の友人がいる。この友人も、両親が法事で田舎に帰り、一人で留守番なので、真子のうちに泊まりにくることにした。ところが、たまたま真子のところではテレビがこわれている。テレビがなくてはつまらないから、その友人の家に皆で泊まることにしようと話がまとまった。

そんな相談を、前日、真子たちは近くのスーパーマーケットのそばで、不注意にも、声をひそめもせず話しあった。関川のうちがこの夜無人になることを空巣狙いにかぎつかれたのは、このときのお喋りのせいらしい。

友人のうちで四人で夕食をとった。千夏は、宿題をやらなくてはならないので、テレビがうるさいからと、宿題がすんだら泊まりにくるということにした。同じ階段の一階と三階を往復するだけだから、一つ家のようなものだ。

健はじきに眠ってしまった。真子と友人は、干渉する大人がいないので、レコードをかけ、気がつくと一時半を過ぎていた。千夏が戻ってこないので、鍵をかけて寝てしまうわけにもいかない。真子と友人は、連れ立って千夏を呼びにいった。

チャイムを鳴らしたが返事がない。念のためにノブをまわしてみると、鍵がかかってなくて、簡単に開いた。

灯りは消えているので、入口の壁付スイッチを押した。

二DKで、土間につづいた板敷きは、六畳ほどのダイニング・キチンである。食器棚の抽出しがひき抜かれ、床に放り出してあり、紙ナフキンや割り箸が床に散乱していた。

千夏ちゃん、ヒステリ起こしたのかしら、と友人が言ったが、それ以上の事態を直感して、ふるえはじめた。

南側に六畳と四畳半が並んでいる。ダイニング・キチンと六畳の境の襖は開け放されていた。

千夏がうつ伏せに倒れている姿が、ダイニング・キチンからさしこむ灯りで認められた。

死んでいることは、不自然な姿態から一目でわかった。

真子はただちに一一〇番に通報した。

それから、むかいの家の住人を呼び起こした。


このような事情を、真子は、一気に語ったのではなかった。必要最小限の言葉しか口にしないので、寛が質問を重ね、これだけをひき出した。

怖かったとか悲しかったとか、わかりきったことは言わないのだった。

パトカーが到着した。

四畳半の窓ガラスに小さい穴があき、鍵がはずされていた。ここから侵入し、ドアから出ていったと思われた。ドアは、中からはツマミ一つで開閉できる。

六畳は真子と千夏の部屋で、壁ぎわに二段ベッドが備えてある。下段の千夏のベッドは乱れ、千夏はパジャマを着ていた。勉強机のスタンドは消え、ノートや筆記用具はかたづけてあった。宿題をすませ、眠くなり、三階まで行くのがおっくうになって、自分のベッドで眠っていたのだろう。

無人と思ってしのびこんだ空巣のたてた物音に、気づいて目ざめた。起き出した千夏に居直った空巣が用いた兇器は、千夏が机に飾っているブロンズのオブジェだった。後頭部を強打され、頭骨が一部陥没していた。

このオブジェは、美術クラブに属している千夏が石膏で原型を作り、おもしろくできているからと、関川が同僚の美術教師にたのんでブロンズに仕上げてもらったものだった。

四畳半の箪笥の抽出しも、ひきぬいてぶちまけてあった。

関川がタクシーで帰宅したのは、現場検証の最中であった。

小抽出しにしまっておいた月給の残り五万二千円が盗まれていることがわかった。銀行の通帖は放ってあった。印鑑は関川がいつも身につけているので、空巣は通帖だけ盗んでも役に立たないと判断したのだろう。

由津子は二、三回電話をかけてきて、真子がまだ寛のところにいるのをたしかめた。それから、迎えに行くことができないから、寛に送ってきてくれとたのんだ。

帰りたくない、と真子は言った。

それなら、しばらくここにいるか。

そうですね、と、ひとごとのような言いかたを、真子はした。

「帰りたくないって言ってるよ。ここに置いとこうか」

電話口のむこうで、ためらっている由津子の気配が感じられた。

「それじゃ、真子が落ちつくまで、お願いするわ。ショックだったと思うの」

寛は真子にうなずいてみせた。

その夜が通夜で、告別式は翌日行なわれた。

寛は、告別式に出席したものかどうか迷った。関川に対して、やはり自分は顔を出すべきではないだろうと思った。しかし、真子だけは団地まで送りとどけようとすると、いやだ、と真子は言った。

「だって、千夏ちゃんの告別式だよ」

「嫌いなんです、ああいうの」真子は、はねつけた。

「おれ、婦女誘拐と疑われるよ」と寛はいっしょうけんめい、おどけたが、真子はくだらない冗談と、笑いもしなかった。

真子は、近くの店で材料を買ってきて、夕食を作った。

千夏の軀は、もう、炎に灼きつくされたのだなと思うと、寛は食欲が湧かなかった。しかし、真子とさしむかいで食べはじめると、思ったより食べられた。

買物の金を渡してなかったことに気がついた。真子は自分の持ちあわせでととのえたのだった。

「いくら?」と寛が訊くと、「あとでまとめて請求します」と真子はかたい口調で言った。

次の日も、真子は寛のもとにいた。あまり話もせず、FMの音楽に聴きいっていた。

関川と由津子は、どういうふうに過しているのだろうかと、寛は思った。

昼ごろ、由津子からまた電話の連絡があった。近くの公衆電話でかけているのだと言った。疲れ果てているのが、声でわかった。家には関川がいるから話しにくいのだろう。

「真子、元気にしている？」と、まず、それを訊いた。

「大丈夫だ」

「そこにいるの？」

「いるよ」

「出して」

「出ないってさ」

話すことないわ、と真子はことわった。

「そう……。寛ちゃん、悪いけどね、とどけてほしいものがあるんだ。あたしとりに行きたいんだけど、まだ、こっちの用がかたづかなくて。それに、くたびれてしまって電車に乗る元気がない」

「いいよ。とどけてやるよ。何？」

「アトリエのデスクのあたしの抽出しに睡眠剤が入っているの。あれからほとんど眠れなくて。

でも、ばてるわけにはいかないから、少し眠らなくちゃ」

「睡眠剤？　ユッちゃん、睡眠剤なんか使ってたの？」

「お医者さんにもらったのよ。眠れなかったときに」

寛には明るい顔しかみせないけれど、不眠症になるほどの辛さを、やはり抱え持っていたのか、と寛は何となくやりきれなくなりながら、「探してみる。ちょっと待っていて」と、受話器を置いた。

由津子が使っている抽出しをさぐると、絵葉書が数枚出てきた。千夏から由津子にあてたもので、どれもきれいな記念切手が貼ってあった。切手の表面は少しざらつき、例のスタンプ消去のヒケツを使っているのだとわかった。しかし、スタンプはまだ消してなかった。睡眠剤は見あたらなかった。

「抽出しの中にはないよ。どこかほかにしまったんじゃない」

「そんなはずないわ。もっとよく探して」

「よく探したよ。なかった」

「おかしいわ……」

「もう一度探してみる」

「十分ぐらいしたら、またかけるわ」

小さい抽出しのなかみを洗いざらい出したが、千夏からの絵葉書のほかは、ボールペンとか爪切り、ティッシュ・ペーパーのパックといったこまごましたものだけだった。他の抽出し、バッグの中、思いつくところをかたっぱしから探した。

「真子ちゃん、ここに入ってた睡眠剤知らないか」

真子の表情がかすかに動いたような気がした。

「ユッちゃんのだよ」

「睡眠剤なんて、持ってないわ」

疑うんなら、身体検査したっていいわ、と、真子は顎をあげて言った。

「薬、あった？」と二度めの電話をかけてきた由津子に、寛は、ためらいながら訊いた。

「千夏ちゃんの遺体は、解剖はしなかったんだろ？」

「解剖！」と息をのむ声がした。「どうして。そんなむごいこと、させないわよ」

「死因は、頭蓋骨折？」

「そうよ。今ごろ何を言ってるの」

「ごめん。薬はどこにもないよ」

二、三日うちに必ずそっちに帰る、と由津子は言った。

6

自殺する、と、千夏はわたしに宣言した。あんたは、手を貸さなくてはいけないわよ。

責任があるっていうのね。

そうよ。

起爆装置は動き出していた。

でも、自殺だと人に知れてはいけないのよ。千夏は言った。わかるでしょ。ユッちゃんが自分の離婚のせいであたしが自殺したと思ってはいけないのよ。ユッちゃんには関係ないことよ。これは、あたしとあんたの、二人だけの問題よ。

あたしは、全部の責任があたしにあるとは思わないわよ。でも、一つのきっかけになったとは認めるわ。わたしは言った。

ユッちゃんに、あのひとの生きかたを後悔させたくないのよ。千夏は言った。でも、あたしが自殺したと知ったら、ユッちゃんは、自分の責任だと思いこむわ。あたしは淋しいから、死ぬんじゃないわ。淋しいからじゃない。

世のなかの不潔さに耐えられない。そのためね。

わたしは、脳貧血を起こしかけていた。しかし、妹の前で倒れるような醜態はみせなかった。妹に、思いとどまれとは、わたしは言わない。

妹は、青く、固く、潔癖だ。その青さ、固さ、潔癖さ、すべてがわたしの憎しみの対象になる。愛は幻影で憎悪のみが現実だということを、妹はまだ知らない。愛が真実なら憎悪は事実で、いつの場合も、真実より事実のほうがはるかに強いということも。

わたしと千夏は、綿密に計画をたてた。自殺とさとられぬよう。関川氏の不在と友人の両親の不在が重なった偶然が、計画を完璧にした。そのために、テレビもわざとこわした。五万二千円の現金は、わたしがかくし持った。軀のなかで毒素がふつふつたぎる。わたしにふさわしい盗金だ。関川氏のキスを受け入れたわたしに。千夏がそれを見るのを阻止しなかったわたしに。

わたしは決して、自殺などしない。

7

ふと思いついた自殺という考えを、寛は笑い捨てようとした。

たしかに、あの後頭部の挫傷は、自分でも負わせることができる。ブロンズ像を高い棚に置き、台座の後部を本などの上にのせ、前部をドライアイスの上にのせておけば、ドライアイスが溶けるにしたがい安定を失って転落する。その真下に頭がくる位置にうつ伏せに寝ていれば。

恐怖は、睡眠剤が解決してくれる。

消えた睡眠剤が、こんなことを寛に思いつかせた。

まさか、と思う。しかし大人には想像の及ばない苦痛を千夏は抱え持っていたのではないかとも思う。しかも、千夏は由津子の生き方に共鳴はしていた。その矛盾に引き裂かれたということは……。

千夏から由津子にあてた絵葉書の一番新しい日付のものを、寛は水に浸した。鮮やかな色で鳥を印刷した記念切手は、濡れていっそう鮮やかさを増した。この下に、何かひそかなメッセージが……。おかあさん、さよなら、というような。

いや、千夏は、そんな感傷的なことはしないだろう。死ぬなら、黙って死ぬだろう。

そう思いながら、寛は切手を静かにはがしていく。

ドアの閉まる音がした。

おや、真子がいない……。

朱妖

弓雄の小指を、香子は自分の部屋の、ガラスの水槽に沈めた。

朱色の蘭鋳《らんちゅう》が三尾、藻のかげを泳ぐガラス鉢の底に、指はゆるやかに下降し、白い玉砂利の上に横たわった。

窓越しにさしこむ西陽は水槽を貫き、蠟細工のように青く冷やかな指が、ほんのりいろづいた。

夫の関谷が居間のテーブルに放り出したガーゼの包みに滲んでいた血の色を、香子は思い出した。

やくざか、あんたの相手は、と、関谷英介は罵倒したのだった。この日、いつになく関谷の帰宅は早かった。土曜日でも夕食にまにあうことはめったにないのに、この日は日没より早く帰ってきて、いっときも持っていたくないというように、玄関から居間に入るが早いか、カバンから出したガーゼ包みをテーブルに放ったのだった。

それから洗面所に走りこんで水音をたてて手を洗い、ネクタイをゆるめながら戻ってきた。

やくざか、あの小僧は。

自分で開けろ、というように、関谷は顎をしゃくった。

そいつを持って、会社に押しかけてきたんだ。あやまりに来たわけではない。そいつとひきかえに、あんたをこれからも抱かせろと。

関谷は、激怒に声をつまらせた。

野良犬にでも食わせてしまえ。関谷はようやくつづけた。麗子が留守でよかった。あの娘《こ》の目にこんな醜いものをみせられるか。

中学二年の娘、麗子は、修学旅行で家をあけている。

花びらを開かせるように、香子は、ガーゼの端を開いていった。血が流れつくした指は、象牙のような色をして、切断面から関節にかけて、こびりついた血が鱗となっていた。爪は女ののようにほっそりと形よかった。熱湯にいれられた烏賊《いか》の脚か何かのように丸まっていた。

香子は、ガーゼを包みなおし、左の手のひらにのせ、右手を蓋のようにやわらかくかぶせた。強く握りしめては、傷口にひびくのではないか、そんな奇妙なことを思ったのである。

切り離された指に痛覚があろうはずはないのに、香子は、苦痛に眉をゆがめた弓雄を見る思いがし、彼の指が感じる激痛を、自分のみぞおちに感じた。

のろのろとドアの方に行きかけると、

どこへ行く。関谷の声がとがった。

捨ててきます。香子は言った。

香子のすなおな態度が、いくらか関谷にゆとりを与えた。

馬鹿馬鹿しいにもほどがある。指をつめるなどということが、まっとうな社会に通用すると思っているのか、あの小僧は。

それ以上適切に、自分の気持の激しさとつりあうやりかたを、あの子は思いつけなかったのでしょう。香子は思ったが、口には出さなかった。逆らえば、関谷の激怒を煽りたてるばかりだとわかっていた。

しかも、詫びをいれようというしおらしさからではないんだからな。何というあつかましさだ。他人のものも自分のものも、区別がつかん。

ふだんは荒い声をたてることの珍しい関谷が、不愉快さと怒りをむき出しにしていた。

タクシーを待たせてある、と言って、関谷は、さっき思わずゆるめたネクタイをしめなおした。

常務の海外出張の見送りに、成田に行く。帰りは十一時……いや、十時半には帰れる。あんたはいったい……どうするつもりだ。時間がない。話は、帰ってからゆっくりする。あいつを二度とこの家に踏みこませるな。家宅侵入罪で警察に突き出す。

それを、さっさと何とかしろ、と関谷は、二枚貝のようにやわらかくあわせた香子の手に目をむけて、慌しくどなった。

麗子には何事も気づかせるな。いいか。麗子が帰ってきても、あの娘の前では、何もないようにふるまっていろ。母親が、こんな、みだらな、ふしだらな女だと、毛筋ほども気づかせるな。

関谷を乗せたタクシーが走り去ると、香子は離れの自室にこもり、鍵をかけた。

佐賀錦を織る仕事が収入につながるようになってから建て増した部屋である。もともと狭い敷地ぎりぎりに建てられた家の、裏側のわずかな空地を利用したのだから、広さはようやく四畳ほど、機《はた》を一台置けばそれだけでいっぱいである。しかし、夫も子供も立ち入らない独りだけの場所を確保することが、どれほど心をのびやかにするものか、香子は身にしみて知った。

身を飾るものなど、何もいらない、殺風景ではあるが防音だけはかなり念をいれた部屋のなかに、これ以上の贅沢はないと、香子は身をひそませる。

窓は西と北。最悪である。夏は西陽に焙《あぶ》られ、冬は木枯しが荒れる。冬の寒さは電気ストーヴで辛うじてしのぐが、夏の酷暑はどう逃れようもない。母屋の居間も子供の部屋も、クーラーまでは手がまわらず、扇風機でがまんしているのだから、それでなくても贅沢よばわりされる主婦の私室に、まっさきに冷房をいれることなど、望めはしない。

幸い、いまは十月も末、西陽の紅さは部屋にぬくもりを与えこそすれ、邪魔にはならない。

西の出窓に置いた鉢の金魚は、夫の上司の夫人からの贈りものである。夫に命じられ、この六月、上司への中元に、その夫人のための帯〆めを織りあげた。お礼にと、上司の夫人が外出の途中をわざわざ車をとめて立ち寄り、おいていった。

金魚といっても、蘭鋳とよばれるこれは、おそろしく高価なものだという。自分が好きなものは他人も興味があると決めこんでの、能書《のうがき》たっぷりなお返しの品であった。

香子は、生きものは嫌いではないが、魚と小鳥だけは性があわない。金魚も縁日の夜店で紙の杓子《しゃくし》ですくうたぐいの、ほっそりと可憐なものなら、まだ我慢もできる。この蘭鋳というやつは、妊《はら》み女のようにふくれあがった胴に背鰭《せびれ》がなく、頭に無数の肉瘤《にくりゅう》が盛りあがり、麗子は一目見るなり、気味が悪いと悲鳴をあげた。こんなの居間におかないでよ。

居間は食堂を兼ねている。食事がまずくなると麗子は言い、関谷も閉口して、あんたがもらったものだ、あんたの部屋におきなさい、と命じ、死なせるなよと言い足したのだった。

不快きわまりない蘭鋳は、スノッブの象徴として、醜悪に着飾った姿で遊泳する。

それを毎日眺めるうちに、香子は、憎悪とおぞましさの累積が、いつしか一種の快さに変わってゆくのを知った。

憎しみと蔑《さげす》みを叩きつける対象があるのは、いいものだ。

いつか、ひどいめにあわせてやるからね。今のうちは、いい気になっていばりかえっているがいい。誰にもみせたことのない悪意にみちた眼を、香子は、蘭鋳にだけは心おきなくみせつけてきた。

ドアに内鍵をかけてから、香子は、ガーゼの包みを開いた。

なぜ、こんなことを。本当に愚かしいことよ。指とひきかえに、抱かせろと言ったんですって？　正気の沙汰かと嘲笑されるだけよ。痛かったでしょう、痛かったでしょう、まだ痛むのでしょう。傷口はそうたやすく癒えはしないわ。こんなことしか思いつかなかったの？　利口な人間は、もう少しましなことを考えるわ。やくざだって、こんなあつかましい要求はしないでしょうよ。指を切るのは詫びのしるし。それを、ひきかえにこれからも……だなんて……。

常識と良識のかたまりのような関谷が、無法とも理不尽ともいいようのない取引の申し出に、どれほどめんくらったことか。

まったく、こっけいで愚かで、と呟きながら香子は独りであることに安心して涙を流し、冷い小指を唇にふくんだ。爪が前歯に触れた。

弓雄の、そのときの悽愴《せいそう》な気迫を、関谷はまるで感じなかったのだろうか。ただ、こっけいに、不気味に、思っただけか。

いえ、関谷はたじろいだだろう。異常であろうと愚かであろうと、弓雄の気迫は、良識に鎧《よろ》われた関谷の宇宙を打ち砕いたにちがいない。そう、香子は願った。

私立探偵の報告書を夫につきつけられたのは、数日前だった。

どういうつもりだ。火遊びにうつつをぬかす年か。麗子のことを考えろ。麗子を不倖せにすることだけは、許さぬ。二度と会うな。

会わねば、夫と麗子と三人の生活もまた、くずれ去るだろう。香子は思った。弓雄と二人のときが一方の皿にあることで、日常をのせた皿をもう一方においた秤は、どうやら均衡《きんこう》を保ちつづけてきた。

会わずにいられるだろうかと、自分自身を危ぶみながら、香子は、夫に知られたと、弓雄に電話で告げた。

それに対して、弓雄のとった行動が、これなのだ。

とりたてて粗暴なたちでも無分別なたちでもないとみていた。まして、やくざと関わりのあるわけもない。ごく平凡な若者だった。そう思うと、香子は、弓雄の思いもよらぬ過激さに、いっそういとおしさと眩惑をおぼえる。

香子は、弓雄の指を水槽に沈めた。放置しておいたら、干《ひ》涸《から》びて醜くなりそうな気がしたのである。

金のかかった装飾で容色をいっそう醜悪にみせている三尾の中年女のあいだで、弓雄の指は、若々しく、そうして、いまは疲労のため少し力なく横たわっている。

嫉《ねた》むがいい、彼の若さを美しさを、と、香子は毒々しい口調を女たちにぶつける。

香子さん、織物のお仕事もいいけれど、と、夫の母が言う。一家の主婦だということを、まず忘れないでくださいよ。英介の収入で暮らしていけないわけではないのでしょう。趣味を持つのもけっこうだけれど、ほどほどにね。

蘭鋳の一尾を、香子は、ひそかに夫の母の名で呼んでいる。

年中、男の品定めをしているのは夫の姉で、ひどく奔放なことを口にしながら、実際のスキャンダルには臆病で、弓雄とのことが明らかになったら、まっさきに罵《ののし》りたてるのは、この義姉だろう。義姉は、丸くふくれた腹に藻をからませ、瞼のない突き出た眼球はどんより鈍く、いまのところ、まだ、弓雄の指に関心は示さない。

残る一尾に、贈り主である上司夫人、あるいは香子と同年輩の従姉妹のだれかれ、また香子自身の母をもあてはめる。形さえ平穏なら家庭はそれで上々、内にどのような修羅がひそもうと、いっさい見ぬふりをしとおせる女たちだ。

香子は、手を水中にさし入れ、人さし指をのばして弓雄の背を撫でた。小指はかすかに動いて、寄り添う風情をみせた。

蘭鋳が泳ぎ寄り、ぬるりとふくれた腹が香子の手の甲を掠めた。

香子は、とたんに、沸きたつ不快さをおぼえ、戸棚の抽出しから針箱を出した。

紅い針差しに並んだ待針を一本抜きとり、金魚の腹を刺そうと狙いをさだめた。金魚はゆるやかに泳いでいる。香子が針を突き出すと、きわどいところで逃れた。

そのとき、香子は思い出した。先学期の終わり、夏休みのはじまる前に、麗子の担任と面接があった。

精神科のお医者さんと相談された方がいいのではありませんか。そう言いながら、担任教師は、昂奮して声がうわずった。二十七、八の女性である。

授業中に、麗子さんは、前の席の生徒の首筋を針で刺したのです。それも、一度や二度ではありません。刺された生徒が——男の子ですけれど——たまりかねて、私に訴えにきたのです。麗子さんをよんで叱りましたら、前の席の子がお喋りばかりしていて、うるさくてしかたがない、と、こう言うんです。うるさければ、やめてくれと言うなり、私に申し出るなりすればいいんですわ。針で刺すというのは、陰険できもち悪いじゃありませんか。よほど情緒不安定な証拠です。しかも、その後で、また私のところにきて、先生、これあげます、と、その針を私に押しつけていくんですよ。小さい子供じゃないでしょう。もう中学二年、悪いと思ったら、すみませんでしたと、あやまりの挨拶ぐらいできてあたりまえ、それを、どういうつもりでしょう、先生、これあげます……ですからね。

家では、明るい顔しかみせたことのない麗子を思い、香子はめんくらった。

女教師が描いてみせる陰湿な少女の像は、香子のなじんでいる麗子からは、遠かった。

あの娘も、抱え持っているのか、と、香子は胸が重くなる。どうしようもない、何か生まれつきの、手に負えないもの。病気の何のといったものではない。私の細胞が、分裂し繁殖して形づくられたものである以上、私が抱え持つ制御のきかないものが麗子にもひそんでいるのは当然。この女教師は、軀のなかに何一つ妖しいものをひそめ飼ってはいないのだろうか。

夫と麗子と私と三人、和やかな、波風のない家の形を保ちつづけるために、それぞれが何かを圧殺し、笑顔とねぎらいの言葉しか、かわしあわないできた。

教師に言われたことを、香子は、夫にも麗子にも告げなかった。誰もが何も言わないことで、辛うじて保たれている明るさ穏やかさだ。

面接のあったそのころ――夏のはじめ――まだ、弓雄と激しい関係になってはいなかった……。

香子は、針を持った手を水中からひきあげ、針を針差しに戻し、織りかけの機の前に腰を下ろした。

帯はまだ、二十センチほどしか織りあがっていない。

横糸は、これほどの輝きを持っているのでなければ、とても目にはとまらないと思われるほどの、細い金糸銀糸である。筬《おさ》を五十回百回往復させても、それとわかるほどはかどるわけではない。こんなにも根気のいる仕事にとりつかれてしまったのは、どういうことなのか。少しも進まないようにみえて、ふと気づくと、手もとの織りあがった部分に、沈んだ輝きを持つ金と銀の模様がみごとに描き出されている、その妖しさのためか。

弓雄と過した時間が、いま思い返すと、沈んだ金と銀に一すじの朱を混えたみごとなつづれ織りとなって、蛇体のようにのびている。

佐賀錦織りを習うようになったのは、同年輩の従姉の誘いによるものであった。

従姉の高校時代の同級生が、先に習いはじめていて、従姉と香子は後からそのグループに加わった。しかし、根気のいる作業に音《ね》をあげて、人数は次第に減り、通うのが香子一人になるころは、高級店と契約した仕事をまわしてもらえるほどに腕があがっていた。

織物をはじめてから、香子は睡眠時間が減った。先生のもとに通うだけでは注文の仕事をさばききれず、自宅に機をいれ、それまでの収入を貯めておいたのを頭金に、仕事部屋を建て増しもした。

独りでいる時間に、何より好ましい手応えをおぼえ、しかし、それを夫や麗子に悟らせまいと、ことさら明るくふるまった。

見ていると、麗子もまた、独りのときを持ちたがっていた。それでいて、家人といっしょのときは、笑顔を絶やさぬようつとめ、心のうちはちらとものぞかせまいとする。

夜、夫が寝入ってしまうと、香子は、胸の上におかれた夫の重い腕をはずし、足音をしのばせて仕事部屋にこもる。

仕事をするわけではない。深夜、機の音をたてては近所から苦情が出よう。何かに焙りたてられるような苛立たしさが、香子をこの部屋に追う。機の前に独りで腰を下ろすと、波立つものが鎮まる。そうして、二時間、三時間、ただひっそりと過す。明日の仕事にさしつかえる、眠らなくては、と思う。この部屋なら、眠れそうな気がするが、朝、夫が目ざめる前に寝床に戻っていなくてはならぬと思うと、眠りこむわけにもいかない。

陽がのぼり、夫と娘が家を出ると、かたづけもそこそこに仕事部屋にこもる。心おきなく機を織る。単調な力仕事である。睡眠不足の頭が、機の規則正しい音に叩かれ、次第に澄んでくる。やがて、腕も動かぬほどになると、香子は外に出る。午後二時。この時間帯だと、めったに近所の知人に出会わないですむ。住宅街は、午睡のようにけだるくしずまっている。

独りで歩く。建売住宅が軒を並べた一劃《いっかく》を過ぎると、川沿いの土手に出る。広い河川敷きに造られた野球グラウンドは無人である。軀の疲労が心を空白にし、ただ、歩く。夢のなかを歩く人のように、歩く。

長い橋が川をまたぐあたりにくると、ふいに車の往来、人の行き来がはげしくなる。人や車の渡る橋と並んで、私鉄の電車のための鉄橋がのびている。

橋を渡りきると、私鉄のターミナル駅、渋谷、新宿のように繁華ではないが、沿線からの買物客がゆきかい、こんなに大勢の人がいても顔見知りに出会うことはなく、透明人間になったように、誰の注意を惹くこともない安らかさをおぼえながら、放心して歩きつづける。

そのようにして歩いていた夏の日、靴の細いヒールを敷石の目地がくわえこみ、香子はよろめいた。もがいたが、ヒールは目地に埋まりこんで動かず、とっさに靴を脱ぐことも思いつかないで、惚《ほう》けたように立ちすくんでいると、くるぶしを強い力でつかまれた。二、三度、ぐらぐらとゆすられ、足が自由になった。

かがみこんで香子のくるぶしを握りしめた若い男は、その姿勢のままで顔をあげ、視線があうと、他意のない笑顔をみせた。

それだけであった。

その男が、弓雄という名の特定の青年でなくても、私の心は、ふっとたががはずれたようになっただろうか——と、香子は思う。

燃えたぎる熔岩を、辛うじて閉じこめていた。きっかけは、どんな些細なことであれ、噴出せずにはおれぬ極限に、おそらく、あった。たまたま、ひきしぼった弓の的の中心に立ったのが、この青年であったのだ。

くるぶしに熱い感覚が残った。

それが、激しい夏のはじまりであった。

香子が足をとられて立ちすくんだ場所は、ハンバーガー・ショップの前で、弓雄はそこで働いていた。

いつも、店の前を通るのを見ていた、と弓雄は後になって言った。店のガラス窓は、ハーフ・ミラーで、店内から外は見とおせるのに、外から中はうかがい知れない。

見ていた、と弓雄に言われ、透明人間だったはずが……と、香子は内心うろたえた。

他の男たちと、弓雄と、どこがどう違うというのか。断ち割れば、その断面は、他の十人、十五人と、何の変わりばえもしない並みの男、と思っても、いったん嚙みあった歯車は、叩きこわさねば、はがれない。弓雄にしても、私の上にいったいどのような女の相《すがた》を見ていることか。おそらく、私自身とは似ても似つかぬものを重ねあわせてのぼせているのだろう。たがいに、おのれの分身をうつす鏡として相手を求めている。

凛《りん》と濃い眉や、すんなりとおった鼻梁《びりよう》があらわすほどに、性《さが》までが凛々《りり》しいわけではあるまい。そうと承知で、溺れこんでいった。溺れる快さのなかに溺れた。

いつも、瀕死の病人のもとにかけつける人のような目で歩いていた、と弓雄は香子を評した。何かよほど切羽つまった事情のある人かと思っていたよ。

そんなはずはないわ。私は、ぼんやりした顔で歩いていたわ。

いいや、血相変えて歩いていた。

嘘。

嘘なんかつかない。危っかしくて、はらはらしていた。弓雄は強情に言いはる。近視なのに眼鏡をかけないから、眉をひそめ、眼を細めた表情になる。

コンタクトをはめればいいのに。

高くて。かね無いよ。

買ってあげる。

いやだ。あくまで対等につきあおうとして、弓雄は、年上の女の申し出を一蹴する。

店は早朝から夜の十一時まで三交替制ということで、弓雄の勤務時間は、八時から四時までだったり、三時から終業までだったり、日によって異なる。

遅番のとき、出勤の前に、香子の部屋を訪《おとな》うようになった。

その出入りの姿を見咎めた近所の人が、関谷に告げたのであろう。関谷は、詰問する前に、まず、私立探偵を使って事実を調べあげた。

報告書に並べられた事実からは、香子の視る華麗なつづれ錦は欠け落ちていた。

弓雄のアパートを訪れたこともあった、と、香子は思い返す。一階が貸ガレージ、二階が薄いベニヤ板の壁で仕切られた貸間で、便所は共同、もちろん風呂はない。

それでも、香子の仕事部屋よりはいくらか広い。弓雄は、香子のもとを訪れても、決して母屋に入ろうとはしなかった。弓雄にとって香子は、機を織る独りの女で、それ以外の香子を認めない。知ろうともしない。香子もまた、弓雄の生活の他の部分に興味を持たなかった。

しかし、弓雄の部屋は、香子の知らない弓雄の貌《かお》を、かいま見せた。野球のユニフォームが壁にかかり、バットとギターがたてかけてあった。店の従業員でチームを作り、ときどき、早朝、河川敷きで練習試合をするのだと弓雄は言った。バットは使い古してささくれ、ユニフォームは泥がしみこんでいた。入口の土間には、踵《かかと》のつぶれたスニーカーとローラースケートの靴が並んでいた。煙草と男性用ローションと汗のにおいが部屋にしみついていた。

香子は立ち上がり、針差しにいったん戻した針を、抜いた。

仕事部屋に切りかえてある電話の受話器をはずし、針を指のあいだに煙草のようにはさんだ右手の小指で、弓雄の店の番号をまわした。

発信音の鳴る間、針をガラス鉢にさし入れ、金魚の腹を追った。その小指に、弓雄の指が慕わしげに寄り添ってきた。針をつまんだ親指と人さし指は蘭鋳を追い、小指は弓雄の指とからみあった。針が、関谷の姉の腹を掻いた。鱗に傷がついたが、血は出なかった。こんなに赤くふくれあがっているくせに、血は持たないのか。

「もしもし」と、相手が出た。

香子は、弓雄の姓を告げ、電話口に出してほしいと言った。今日は、欠勤しただろうか。傷口はまだ、なまなましく痛んでいることだろう。関谷の会社に行った後、アパートに帰って、独りでうずくまって虚しい痛みをこらえているのだろうか。

少し間をおいて、「もしもし」と応えたのは、弓雄の声であった。

「わたし……」

「ああ……」息をのむ気配がした。

「会いたいわ」

「ああ」

「いま、誰もいない。わたしだけ」

返事がとだえた。

「もしもし……」

「ああ」

「来て」

「いま？」

「いま、会いたい」

「おれ、あのひとに会った」

「知ってる。うちに帰ってきたの。それから、また出かけた。あなたの指、わたしが持っている」

「馬鹿なことをした」

「馬鹿なこと？　後悔しているの？」

長い間をおいて、いいや、とつぶやく声がきこえた。ああ、と言っているようにもきこえた。

「来て」

「行く」と、弓雄は答えた。

無理を強《し》いている、と思った。出勤した以上、女からの呼び出しに応じて早退したりすれば、勤務成績にひびく。それでも、来て、と、香子のなかの激しい女が命じた。

いつも、香子の方が控えめだった。何事も弓雄の望みにまかせ、弓雄に命じさせてきた。弓雄が命じ、嬉々として従うのが香子であった。

このときは、来て、と命じた。哀願したのかもしれない。

ガラス鉢の水に浸した香子の指には、弓雄の指がからみつき、仔犬のように軀をすり寄せている。電話を切り、香子は針をあいた左手に持ちかえた。右手で狙ってもなかなかうまくはいかないのだから、左手で命中させるのはいっそう困難だ。三尾の蘭鋳は、傲然《ごうぜん》と尾鰭をそよがせ、藻のあいだをくぐりぬける。

行く、と答えてから弓雄があらわれるまでに、三十分あまり経過した。

ドアを叩く音をきいただけで、弓雄とわかる。香子は、弓雄の指をそっとはずし、水底に横たわらせ、扉を開けた。

その一瞬、香子はふと、すべて嘘ではないか、という気がした。夫と弓雄が、ぐるになってだましているのではないか。弓雄が指を切ったなど、でたらめで、あれは、あかの他人の指。

しかし、入ってきた弓雄の左手は、厚く布で巻かれ、小指を失い、血がにじんで赤黒くかたまっていた。

抱きあい唇をあわせたとき、香子は、死んだ魚を口にふくんだような感触を持った。それほど、弓雄のくちづけには熱がこもっていなかった。

それと自分でも気づいたのか、弓雄は腕に力をこめたが、じきにしらけたように力をぬいた。

「痛い？」

「痛み止めをのんでいるから」

弓雄は苦笑してみせた。

「薬のせいかしら。何だか……元気ない」

「そうでもないよ」

「お茶を淹《い》れてあげる。居間に来ない？」

弓雄は、けげんそうに香子を見て、ああ、と、うなずいた。

――了《お》わったみたい……と、香子は思った。指を断つという激しい行動で、この人は、自分のなかの激越なものを燃焼しつくしてしまったみたい。もう、私を必要としていない。私は、この人にとって廃品になってしまった。

織りかけの帯に香子は目をやった。渋い金と銀の模様を一すじ流れる朱は絶えた。

弓雄は、独りで燃えつきた。

はじめて母屋の居間に招じ入れ、紅茶を淹れた。ブランデーを垂らそうとすると、アルコールは傷に悪いから、と弓雄はことわった。

並んでソファに腰かけ、弓雄は右手を香子の胸乳の上におき、二人はひっそり頭を寄せあっていた。

仕事部屋を出るとき習慣的に居間に切りかえておいた電話のベルが鳴った。夫からだろうかと思いながら香子が出ると、麗子の担任の女教師がせきこんだ声で、「すぐに現地まで来てほしい」と告げた。

「おたくの麗子さんが、とんでもないことを。同級生を刺したのです。ナイフで。とんだ不祥事です。ああ、命に別状はありませんでした。掠り傷です。しかし、きみ悪い、麗子さんは、少しもとり乱したふうではないんですよ。とにかく、おかあさん、来てください。表沙汰にはしないつもりですが」

電話が切れてからふりむくと、弓雄は、何か自分の居場所を見失ったような顔で立っていた。

香子は、もう一度弓雄とくちびるをあわせた。

すべてのことが変わってしまった、と香子は思った。

決断がつかない顔でいる弓雄を残し、仕事部屋に戻った。きっぱりした手つきで、金魚を一尾ずつつかみ出して、針で腹を貫き、出窓の板にとめた。

泳ぎ寄ってきた弓雄の小指を抱きとってくちびるにふくみ、前歯のあいだでかるく嚙んだ。

鉢の水をかえた。陽はすでに落ち、水槽の中は昏《くら》い。昏い水に弓雄の指をはなった。

居間に行くと、弓雄はまだ立っていた。やわらかく腕をまわして抱き、「これから外出するの」と香子は告げた。

「わたしが、誰かを刺してしまったのよ」

「え、香子が？」

「ええ、わたしが」

香子は、戸締まりを点検し、ガスの元栓を締め、小さく呻いた。

解説

七北数人

魔界、と呼ぶのがふさわしい。皆川博子の描く世界は、いつも禍々《まがまが》しい気を孕み、中毒性のある芳香をたたえた花蜜のようだ。気がつくとズルズル引きずり込まれている。現実とは少しずれた、でもどこがどう違っているのかわからない、この上なくリアルな幻想の王国。

皆川博子がたぐい稀な幻想小説の書き手であることは、早くから一部の読者には知られていた。一九七三年に短篇「アルカディアの夏」で文壇に登場して以来、多様なジャンルを描き分けてきたが、どの作品にも妖しく幻想的な毒素が含まれていた。

本書では、そんな皆川文学の出発点をかいまみることができる。メジャーデビュー前の幻の児童文学作品四篇と、七〇年代発表の単行本未収録作品のみで構成されたマニアックな編集だが、単なるアウトテイク集でないことは、任意のどの一篇でもいい、読んでみればすぐにわかる。

長らくお蔵入りになっていたのは、完成度うんぬんとは関係がない。それどころか、七〇年代から現在までに刊行された数多くの皆川作品集の中に混じっても相当上位にランクインしそうな秀作が揃っている。本書を編みはじめた当初、皆川博子はいかにして出来上がったか、という命題を頭に置いていたが、再読三読するうちにそんな命題はすっかり振り落とされてしまった。

初めから、皆川博子は恐ろしいほどに完成されていたのである。

なぜ、これらの秀作が単行本に収録されなかったか、そこから逆に、当時のエンターテインメント文壇のありようが見えてくる。

二〇〇〇年五月の「e-NOVELS」インタビューで、自作の中では『あの紫は―わらべ唄幻想―』が好きだと答えているが、これは一九九一年から九四年にかけて書かれた短篇集で、当時「幻想小説が本当に悲しい状態の時に書いていた」から作品に当時の悲しさや悔しさがにじんでいると語っていた。

一九八五年に『壁―旅芝居殺人事件―』で日本推理作家協会賞、翌年には時代長篇『恋紅』で直木賞、九〇年に幻想短篇集『薔薇忌』で柴田錬三郎賞をそれぞれ受賞してもなお、幻想作家としては「不遇」だったようすが窺い知れる。

ましてや七〇年代までさかのぼれば、状況はもっとひどかった。編集者からは幻想的なものは売れないから「書きたいことは書くな」、「ノベルズというのは、新幹線の車中で二時間で読み捨てできるような、すっと軽く読めて、読み終えたときには忘れてるようなものを書け」と言われて泣いたとインタビュー（『ホラーを書く！』二〇〇二年、小学館文庫）で答えている。

先の「e-NOVELS」インタビューに寄せられた山田正紀によるあとがき「博子曼陀羅」にも次のように記されている。

「七〇年代、皆川博子がデビューした当時は、中間小説が全盛であって、それをすべてリアリズムという一言で括るのは語弊があるだろうが、全般にそうした傾向が強かったことはいなめない。／そんななかにあって、『狂気』という反リアリズムの極致とでもいうべきテーマを追求する皆川博子の小説が、容易に受け入れられようはずがなく、彼女ほどの才能があって、なお、苦戦を強いられたようなのである」

かくも愚かしい文壇にあって、皆川博子は自分が本当に書きたいものを決して見失うことはなかった。

売れなくても、単行本化されなくても、幻想的な作品を書きつづけた。本書でまた一つ、そのころの成果の一端が明らかになる。皆川文学の妖美な特色は、むしろ未収録とされた作品のほうに色濃くあらわれている、といえるかもしれない。

始まりは意外にも児童文学だった。

意外にも、と書いたのは、その後がむしろ成人向けかR指定の感じに仕上がっているからだが、この決定的な断絶とも見えるジャンル転換のウラに何があったか、あるいは、本質は変わっていないのか、そのあたりを知りたいと思う読者も多いだろう。

皆川博子が小説を書きはじめたのは一九六四年、子育ても一段落した三十四歳の時で、処女作「やさしい戦士」が講談社児童文学新人賞佳作に選ばれた。これは活字にはならなかったが、のちの長篇「海と十字架」の原形らしい。佳作に終わったのは才能がない証拠と彼女は考え、しばらく執筆から遠ざかる。それから六年たった七〇年五月、同人誌『アララテ』に初めて寄稿した作品が「花のないお墓」である。インディーズ・デビュー作といえる。

『アララテ』は六七年一月二十日に、平林雅文(宮永勝)、鷹竹彦(高橋武彦)、藤井治の三人によって創刊された児童文学同人誌。当初は練馬区在住の藤井が連絡先を引き受けており、会員頒布の非売品であった。徐々に同人の数がふえ、定価も表記されるようになった頃、「アララテ新人賞」も創設された。皆川博子は新人賞応募はせずに登場し、七〇年七月まで三カ月連続で作品を発表している。うち一回はアララテ新人賞受賞作家の作品と二作だけでページを分けるといった具合に、初めから別格扱いだった。

さらに七〇年九月の同誌「編集後記」には、皆川作品「川人《かわと》」が学研児童文学賞を受賞したニュースが記され、評価はいちだんと増したようだ。翌年発表の「こだま」は日本児童文学者協会主催の研究会テキストに選ばれている。児童文学作家皆川博子の快進撃はとどまるところを知らず、七一年の劇団新児童脚本公募で「風の王子とツンドラ魔女」が入選、七二年一月五日から九日まで新宿の朝日生命ホールで上演された。同年十月には初めての単行本『海と十字架』が書き下ろし刊行された。

しかし、これだけ評価されながらも、皆川作品は児童文学の「文壇」でも異端扱いされる傾向にあった。「そのころの指導的立場にある方々から、あなたの書くものは児童文学ではない、と言われがちだったし、その方々の思想的に硬直した傾向に反撥をおぼえていたから、中間小説の荒波に揉まれながら書きつづけていなかったら、じきに潰れていたかもしれない」とエッセイ「いつまでたっても」(『一冊の本』二〇〇一年五月号)に記している。

「中間小説の荒波」というのは、この頃すでに、七二年の江戸川乱歩賞で最終候補に残ったり、同年の小説現代新人賞候補になったり、翌年には同賞を受賞したりして、大人向け作品のほうが忙しくなっていたのである。

本書収録のデビュー作「花のないお墓」などは、さしずめ「児童文学でない」といわれた代表選手であるにちがいない。なにしろ主人公は死体だ。魚のようにマブタはなく、陸に揚がれば腐臭を放つ。そうして彼を「英雄」に仕立てた人間どもの悪意！　シュールな詩の断片を連ねたような書き方によって、精神の吃音化をも表そうとしているようだ。

家庭の主婦として、母として、平凡に生きる道を選んだ時期、「半分死んで生きるほかはないのだと、相手にも子供にも申し訳ないことを思っていた。ときどき、水のないところで暴れる魚のような気分になった」という(「絵と私」『青春と読書』二〇〇六年八月号)、そんな呻きも作品にこもっている。

「指導的立場にある方々」の凝り固まった思想こそが、戦争をまねき寄せ「人間魚雷」をつくりだす。作者は児童文学界の権威から悪罵を受けるずっと前に、作品の中でそう叫んでいた。

実際、ジャンル分けにこだわる発想そのものが「硬直した傾向」なので、広々とした大きな世界へ飛び出したいと願った若き皆川博子には、「児童文学」などという小さな枠はそもそも不必要なものだった。

次作「戦場の水たまり」は、作者の意向により本書では割愛したが、今度はガラリと変わって、ベトナム戦争で両親を奪われた子供たちをリアリズムの手法で描く。現実のあまりの悲惨さゆえに、少年とその妹はわずかな水たまりの中に幻想の国をつくりだす。ここだけはリアルな日常からかけ離れた夢の世界で、いつでも逃げ込めるが、現実世界へ帰って来られなくなる危険も内包している。

皆川作品には初期から、世界的な視野をもった作品群が少なくなかった。アイルランドの詩人イェイツとＩＲＡを題材にとった「鴆の塔」や、イスラエルの遺跡調査にまつわるミステリー「光の廃墟」をはじめとして、どこの国が舞台になっても細部が具体的かつ緻密なのに驚嘆させられた。九七年に圧倒的な評価を得た代表作「死の泉」以降、ヨーロッパ戦時魔界を駆けめぐるみずみずしい空想力は、児童文学の時代からその片鱗をみせていたことがわかる。

「ベトコンとか、あまりにあの時代にべったりなので、はずさせていただきました」とのことで残念ではあったが、逆にいえば、同人誌時代の作品でさえ、現在の批評眼をもってプロットや描写を思い出せるほど、全霊をこめて書いていたということだ。

第三作「コンクリ虫」は一九七〇年七月の『アララテ』掲載作だが、『新潮現代童話館２』（一九九二年、新潮文庫）にも、書下ろし作品として改稿版が収録されている。その際、「戦場の水たまり」をはずしたのと同じ理由で、時代性の出る部分をカットしたようだ。「戦争」「ゲリラ」「休戦」「殺す」「完敗」などの言葉が削られるのにあわせて、小さなコンクリ虫と「ビルの王様」吉田くんとのかわいらしい会話がたくさん削除されているのがもったいない。

逆に、モラトリアム学生だった吉田くんが、改稿版ではイラストレーター志望であるとの追加設定がなされたため、オリジナル版で帆船が好きだと夢中で語る場面——ここに自由への憧れがたっぷりこめられていたのに、すっぽり消えてしまった。だから、ラストで天翔けるコンクリ虫が、吉田くんには「白い帆船みたいにみえるんじゃないかなあ」と締めくくるところにうまくつながらなくなっている。また、コンクリ虫の啜《すす》る「青いインク」が「黒いインク」に変わったのも、イラストレーター設定が入ったためだろうが、色が変わるだけで、なんだか飛翔の夢が少しくすむ。「海」と「青」の世界に夢とロマンをにじませた本書オリジナル版のほうがよかったと私は思う。

この「コンクリ虫」と「こだま」「ギターと若者」の三作は、異類との交流がテーマになっている。どの図鑑にも載っていないチビ悪魔のような生き物。人間のように喋る音声や器物。異類は誰の目にも見えるものではない。人づきあいが厭になった孤独者が、ふと見る夢か幻想かもしれず、ハマってしまえば水たまり世界のように現実へ戻って来られなくなるかもしれない。それでもその世界は魅力的で、いつまでもそこにいたいと思う。皆川文学全作に共通して、作品世界へ引きずり込まれていく感じがあるのは、作者自身が夢の世界に生きたいと願っているからだろう。そして、大空を翔けめぐりたい。大自然をすみかとして歌いあるく吟遊詩人もいい。

中間小説誌がおもな発表媒体になっても、皆川作品には飛翔の夢、自由への憧れが狂おしいほどに祈り籠められている。

草の匂いのするような少年の若々しいエロスを天馬になぞらえた「ペガサスの挽歌」や、同じく美少年の裸の背に、むしられた鳥の羽根を植える「天使」など、直截《ちょくせつ》に飛翔の夢が語られた作品もある。どの作品でも、性の禁忌《きんき》を破ることが大きな一歩を踏み出すことにつながっている。

少女小説誌『小説ジュニア』に七八年に発表された「地獄のオルフェ」は、七二年下期の小説現代新人賞候補作品である。「アルカディアの夏」で同賞を受賞する半年前のこと。ロックバンドを組む少年少女の、いっさいタブーのない奔放な生きざまから、当時流行したヒッピーやビートニク、フラワー・ムーヴメントに対する作者の共感が感じとれる。

「試罪の冠」に出てくる若者集団も、いくらか不気味に、不穏に描かれているが、哀れな律子が自由を求めた果ての「試罪」は、その行為そのものが「戴冠」なのだと、タイトルが教えてくれる。

完全なる自由は、本当は恐ろしいものだ。七〇年代皆川作品の主人公たちは、性の禁忌を侵し、ドラッグに溺れ、バイクやケンカに刹那の命を賭け、大音響でビートを打ち鳴らす。社会からつまはじきにされて、気がつくともう、普通に生きていける場所はどこにもない。行ってしまった人。あちら側の世界の住人だ。

「黄泉の女」の比奈子は、そんな自分の状態を象徴的に感覚する。

「世界が冷たいガラス球の中に閉ざされ、彼女自身はただ一人、その外側でうろうろしている」

「他人は、言葉の通じない異邦人のようだった。その感じは、彼女がまだ家族と同居していた子供のころから、あった」

現実から遊離した心でいるかぎり、恨んでいいはずの女とその幼子を、空想世界で徹底的に残酷になぶり殺しにできる。虐待の仕返しもまた思いつくかぎり凄惨に、我が身にふりかからせることができる。

想像の中では。ガラス球の中では。

なぜなら、自分はそこにいないのだから。

そのはずだったのに――。決して、現実にはならぬはずの空想が、思わぬ形で現実世界とリンクする。異界に吸い込まれてしまえば、もう二度とリアルに戻ってくることはできない。ここにも、そんな怖さがある。

「声」の由子は、犬と添い寝するうちに、半ば化生《けしょう》のものと化しているし、「家族の死」の大人びた少女たちも、ほとんど人間世界に見切りをつけている。必要以上の敬語は世界への拒絶の意志なのだ。

「朱妖」では、自分ひとりの世界を金魚に仮託して描く。小指を自ら切断するほどの恋を披瀝してみせた若い愛人も、本当は誰でもよい、自分の夢の世界だけに住む者のようだった。

「午睡のようにけだるくしずまっている」昼過ぎの住宅街を、香子はただひとり、歩く。

「軀の疲労が心を空白にし、ただ、歩く。夢のなかを歩く人のように、歩く」

会話文にカギ括弧がなく、地の文と地続きなので、夢かうつつか不分明な世界がおぼろに煙る。読むほうも白日夢でも見ているような気分になる。何が本当に起こっていて、何が夢なのか。

皆川作品では往々にして、カギ括弧は自由気ままに付いたり無かったり、無法則に使い分けられる。作者の呼吸の中では、どうしても無いほうがいい場合があるのだ。創作の秘密は、そうした文章の端々にも潜んでいる。

どの作品も、読んでいると絶え間なくデジャヴュが襲う。ノスタルジックで甘い香りが漂ってくる。道に迷って、どことも知れぬ昏れ方の街を延々と歩きつづけた幼き日の記憶がよみがえる。帰れなくなることの恐ろしさと、かすかに混じる冒険への期待。闇にくるまれる魅惑。魔睡の誘惑。

文学への初熱もそれに似ていた。とりこまれる感覚。心臓をぎゅっと鷲づかみにされて、我知らずときめいてしまった、罪の予感としか言いようのない思い。怖いけれど惹かれてしまう。怖いから、惹かれてしまう。読書体験とは、幼い頃からそういうものだった。小学校の図書館にある本は、童話も絵本も怖いものが多かった。

「怖いところのないものは美しいと思わないし、美しさを持たないものは怖いと思わないようになった」（「天使」）

作中の女が幼女時代にみた絵本――女の子の足を切る大天使の美しい絵姿――を語った言葉だが、作者の実体験が多分に投影されていよう。

二〇一一年に刊行された皆川博子の絵本『マイマイとナイナイ』は、文字どおり物語の魔界に閉じこめられて、帰ってこられなくなる怖いお話だった。最後のページは宇宙の原初に横たわる暗黒を思わせた。

二〇〇一年の『絵本・新編グリム童話選』は女性作家九人による書き下ろし絵本だったが、掉尾《とうび》を飾る皆川博子が選んだ物語は「青髭」だ。おおむね平易な言葉で子供にも読めるように書かれているが、その内容は残酷絵さながらに生々しい。

「壁には六人の女の死骸が吊り下がっていた。一番古いものは骨ばかりになり、ほかのものは腐肉がくずれ落ち、一番新しいものは紫の死斑が肌に浮き出ていた。自分が七人目の妻であることを娘は知った」

ほかにも『絵双紙妖綺譚 朱鱗《うろこ》の家』『みだれ絵双紙 金瓶梅』『絵小説』など、妖異な絵と呼応し合うかたちで描かれた作品集を折にふれ書いている。西条八十《やそ》や北原白秋らの耽美的な詩や童謡に触発された作品群も数多い。

ブッキッシュな作家ともいえるが、児童文学を書いていた頃と同じ衝動が、変わらずにあるのだろう。

叙述トリックや、小説内小説、何者かの手記のスタイルを用いるなどのメタフィクショナルな指向が強いのも、読者を魔界へ引きずり込みたいがための手法という気がする。

かつて物語の中に生きていた少女皆川博子が、自分のはまりこんだ世界へわれわれをいざなっているのだ。いつかどこかで見たことのあるような、魔物たちの棲む森。濃密で甘やかな、狂気の闇。童話や児童文学はその源泉だった。皆川作品の根っこには、暗黒へと連なる童話の世界が常にある。

一九九〇年の『薔薇忌』以降、皆川博子の幻想作品がつぎつぎと単行本化されるようになった。幻想文学に対する世の偏見も少しずつ解けているのだろう。九〇年代半ばから、熱心な編集者らの手で旧作の掘り起こし作業も始まった。『悦楽園』『巫子』『鳥少年』などのほか、三巻本選集『皆川博子作品精華』でもかなりの初期作品が発掘された。各本に収められたどの短篇も完成度の高いものであることが読者や評論家を驚かせ、埋もれていた時間の長さが惜しまれた。

初期作品集のラインナップに本書が加わったことで、単行本未収録作品はかなり減ったが、七〇年代発表の短篇だけでもまだ十篇ほどある。八〇年代では二十篇以上が未収録のままになっている。いつかは、これらも残らず単行本に収められることだろう。それだけの力を作品が見せつけているからだ。

初出一覧

花のないお墓　『アララテ』一九七〇年五月号
コンクリ虫　『アララテ』一九七〇年七月号
こだま　『アララテ』一九七一年五月号
ギターと若者　『アララテ』一九七一年九月号
地獄のオルフェ　『小説ジュニア』一九七八年二月号
天使　『小説ジュニア』一九七九年七月号
ペガサスの挽歌　『別冊小説現代』一九七三年十一月号
試罪の冠　『小説現代』一九七四年八月号
黄泉の女　『別冊小説新潮』一九七六年七月号
声　『カッパまがじん』一九七六年九月号
家族の死　『オール讀物』一九七九年八月号
朱妖　『別冊小説宝石』一九七九年十二月号

本書の底本には、すべて初出誌を用いた。原則として漢字は新字体に統一し、難読語句についてはルビを付した。本書中には、現在の人権感覚からすれば不適切と思われる表現があるが、原文の時代性を考慮してそのままとした。

皆川 博子（みながわ ひろこ）

1930年、旧朝鮮京城（現ソウル）生まれ。東京女子大学英文科中退。1964年、初めて執筆した「やさしい戦士」が講談社児童文学新人賞佳作となる。1970年「川人（かわと）」で学研児童文学賞を受賞。児童文学作品を書き継ぎながらミステリーや幻想小説にも挑み、1973年「アルカディアの夏」で小説現代新人賞を受賞。同年「トマト・ゲーム」が直木賞候補となる。その後、ミステリー、幻想・伝奇小説、歴史・時代小説などの分野で活躍。『壁―旅芝居殺人事件』で日本推理作家協会賞、『恋紅』で直木賞、『薔薇忌』で柴田錬三郎賞、『死の泉』で吉川英治文学賞、『開かせていただき光栄です』で本格ミステリ大賞を受賞するなど、各分野で高い評価を受ける。これらの功績から、2012年に日本ミステリー文学大賞、2015年には文化功労者に選出された。

ペガサスの挽歌《ばんか》
――シリーズ 日本語の醍醐味④

二〇一二年 十 月十日　初版第一刷発行
二〇二〇年十二月十日　初版第二刷発行

定　価＝本体二四〇〇円＋税

著　者　皆川博子
編　者　七北数人・烏有書林
発行者　上田 宙
発行所　株式会社 烏有書林
〒二六一―〇〇二六
千葉県千葉市美浜区幕張西四―一―一四―七〇七
電話＆FAX 〇五〇―八八八五―三五一三
info@uyushorin.com　https://uyushorin.com

印　刷　株式会社 理想社
製　本　株式会社 松岳社

ISBN978-4-904596-05-0